# Falling 폴링업 Up

# Shel Silverstein

셀 실버스타인 글·그림 | 김목인 옮김

*Special Edition*

JINDPRESS

**FALLING UP**

Korean translation copyright © 2023 by JINO PRESS
Korean translation rights arranged with Edite Kroll Literary Agency
through EYA (Eric Yang Agency)

Falling
Up
폴 링 어 ㅍ

저희 셸 실버스타인 가족은
실버스타인 작품보관소에서 뽑은 12편의 새로운 시와
그림들을 여러분과 나눌 수 있어 기쁜 마음입니다.

**폴링 업**

**초판 1쇄** 2023년 11월 30일
**지음** 셸 실버스타인 | **옮김** 김목인 | **편집기획** 북지육림 | **디자인** 박진범 | **제작** 명지북프린팅
**펴낸곳** 지노 | **펴낸이** 도진호, 조소진 | **출판신고** 2018년 4월 4일
**주소** 경기도 고양시 일산서구 강선로49, 911호
**전화** 070-4156-7770 | **팩스** 031-629-6577 | **이메일** jinopress@gmail.com

ⓒ 지노, 2023
ISBN 979-11-90282-96-3 (03840)

* 폴링 업(Falling Up). '위로 떨어지다'라는 뜻.
평범한 생각을 뒤집고 비트는 이 책의 정신을 담고 있는 제목.

## 폴링 업*

신발 끈을 밟는 바람에
나는 위로 떨어졌어—
저 지붕들 꼭대기를 지나
저 동네 위를 지나
저 나무 우듬지들을 지나
저 산 너머로
저 위 색깔들이
소리와 뒤섞이는 곳으로.
하지만 주위를 둘러보니
너무 어지러워졌어.
결국 멀미가 났고
나는 아래로 던져졌지.

## 전원 꽂기

페그는 전동 칫솔 전원을 꽂고,
미치는 스틸기타 전원을 꽂고,
릭은 씨디 플레이어 전원을 꽂고,
리즈는 비디오 전원을 꽂고,
엄마는 전기담요 전원을 꽂고,
팝은 TV 경기 보러 전원을 꽂고,
나는 헤어드라이기 전원을 꽂았지—
이것 봐! 불은 누가 다 꺼버린 거야?

## 투덜이 잭

오늘 아침 내 낡은 상자 속 잭이
탁 튀어나오더니—상자 속으로 들어가려고 하질 않네.
계속 우는 소리를 했어. "이봐, 저 속에 상자 속 못이 있어서,
날 계속 계속 찌르고 있어."

"저 속에는 또 상자 속 갈라진 틈도 있고,
상자 속 스낵 같은 건 찾을 수도 없고,
가끔은 상자 속 꽥꽥 소리도 들려,
왜냐하면 여기 오리 한 마리도 살고 있거든."

불평, 불평만이 그가 하는 일의 전부였어—
나는 결국에는 뚜껑을 덮어야 했어.

## 햇빛 가리개

오, 해나 하이드는 얼마나 다정한 아이인지,
오, 얼마나 사려 깊고 멋진 아이인지,
챙이 아주 넓은 모자를 산 거야
그늘을 드리워주려고, 개구리들과
벌레들 그리고 쥐들에게도 말이야.

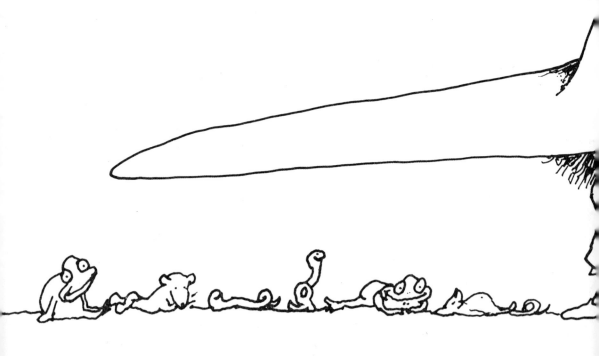

## 눈뭉치

나는 직접 눈뭉치 하나를 만들었어
가능한 한 완벽하게 말이지.
내 반려동물로 삼아야겠다 싶어
곁에 자도록 내버려두었지.
잠옷도 만들어주고
머리에 베개도 베어주었지.
그런데 어젯밤 녀석이 달아나버린 거야,
게다가 가기 전에—침대를 적셔놓은 거 있지.

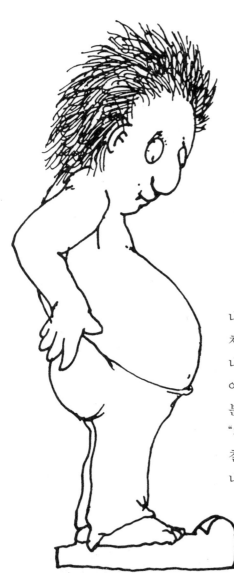

## 체중계

내가 체중계를 볼 수만 있었으면
체중계는 분명 이렇게 말했을 거라고.
내 몸무게가 몇 그램 줄었다고… 몇 킬로
아니면 아예 몇 톤 줄었다고.
분명 체중계는 그렇게 말했을 거야…
"팬케이크를 좀 더 먹지—
철로처럼 말랐잖아."
내가 체중계를 볼 수만 있다면 말이지.

**아기 돼지의 횡재**

돼지가 아빠에게 말했어.
"와, 저기 사탕 가게다.
우리 제발 들어가봐요.
꼭 약속할게요.
아이처럼 징징거리지 않겠다고.
사람처럼 업어만 주시면 말이에요."

## 부당해

이곳 아파트 주민들은 반려동물을 못 키우게 해.
친절이란 걸 몰라. 얼마나 부당한 일이냐고.
이 아파트 주민들은 반려동물을 못 들이게 해.
귀담아듣지도 않아, 자기 일 아니라고.
내가 그랬지, 아주 조용하고 짖지도 않는다고.
걱정 말라 했지, 볼 일은 다 공원에서 볼 거라고.
그런 얘기까지 했어, 안아주고 싶게 상냥하다고, 그랬는데—
그래도 반려동물은 안 되겠대.

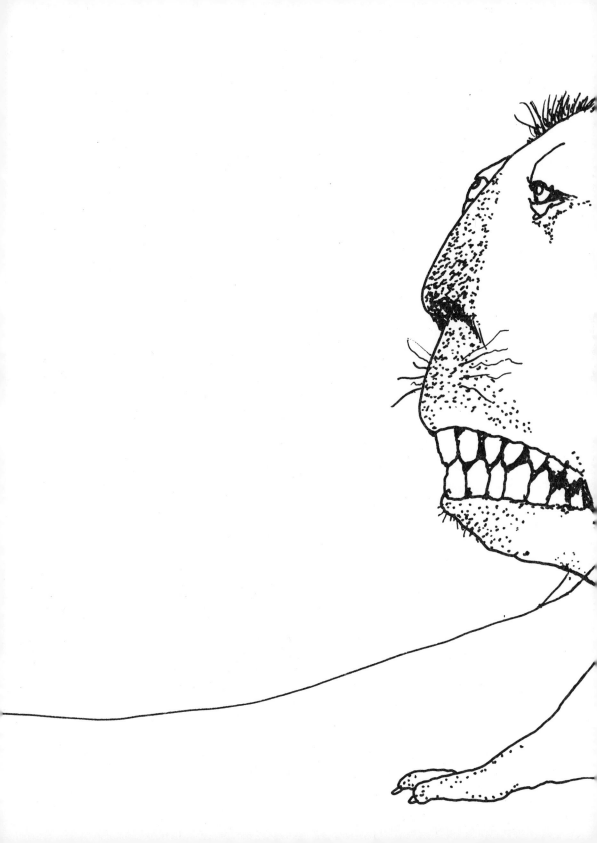

## 휴지통 속의 동생

누가 자신들의 어린 남동생을
휴지통으로 덮어놨어—
궁금한 건 정확히 왜 그랬느냐는 거지,
아무튼 난 묻지 않겠어.
다만 그 누군가는, 누구라고는 말 않겠어,
양심의 가책을 느끼는 표정이야.
사랑스런 동생을
그렇게 내버려둔 데 대해서 말이야.

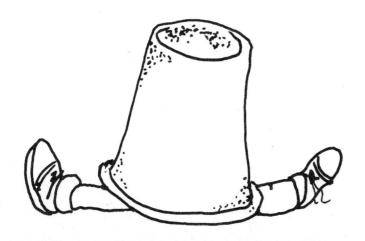

## 수정구슬

자 와서 보세요 제 수정구슬 속 여러분의 인생을—
단돈 25센트에 모십니다.
자 어디 볼까요 당신의 과거를—
여기 오늘 점심으로 먹은 것들이 있군요:
참치 샐러드와 으깬 감자,
완두콩 수프와 사과 주스,
콜라드 양배추와 토마토 스튜,
초코 우유와 레몬 무스.
어때요, 다 맞혔다는 것 인정하죠?
자, 어떻게 맞혔는지 고백하지요.
사실 구슬을 들여다본 게 아니에요.
그냥 당신 옷을 보고 맞힌 거예요.

### 조언

윌리엄 텔, 윌리엄 텔,
네 화살을 꺼내어 꼭 쥐어, 잘
사과가 있지—가운데를 겨누는 거야—
오 이런… 너 살짝 빗나간 거야

## 없을걸

현미경 밑에다 한 조각을
놓아보았지, 칸탈루프 멜론을
그리고 보았지, 수백만의 이상한 것들이 자고 있는걸,
그리고 보았지, 수천억의 기이한 것들이 기고 있는걸,
그리고 보았지, 초록색들 몇몇이 비비 꼬고 웅크리는걸—
칸탈루프 멜론, 다시는 먹을 일 없을걸.

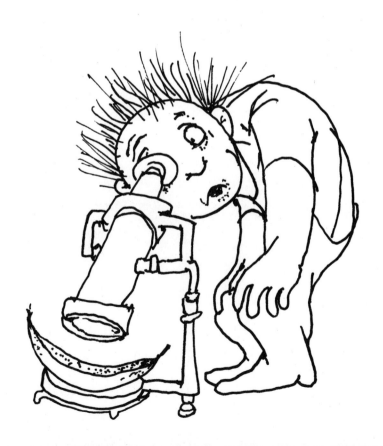

# 사양합니다

아니요 아기고양이는 괜찮아요,
아니요 귀엽고, 꼭 껴안아주고 싶지만—이제 그만
그래요 콘플레이크 속의 긴 털도 이제 그만,
그래요 한밤의 야옹 소리도 이제 그만.

안 돼요 긁고, 가르릉대며, 침 묻히는 녀석은 그만
안 돼요 발기발기 찢어진 소파도 그만,
그래요 고양이 모래 냄새도 그만,
그래요 내 침대에 갖다놓은 쥐들도 그만.

아니요 저는 그 아기고양이 안 데려갑니다—
그동안 이도 생기고 벼룩도 생겼다고요,
언제나 긁히고, 젖고, 물리고요,
없던 알러지까지 생겼다고요.

원숭이가 있다면 데려가지요.
사자가 있다면 그것도 좋아요,
걸어 다니는 베이컨을 데려왔다면,
거기 두고 가세요, 친절히 대해줄게요.

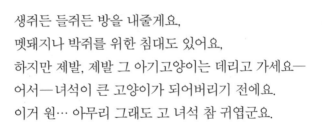

생쥐든 들쥐든 방을 내줄게요,
멧돼지나 박쥐를 위한 침대도 있어요,
하지만 제발, 제발 그 아기고양이는 데리고 가세요—
어서—녀석이 큰 고양이가 되어버리기 전에요.
이거 원… 아무리 그래도 고 녀석 참 귀엽군요.

## 모건의 저주

낡은 보물지도 속 길을 따라온 끝에
"이곳을 파시오."라고 적혀 있는 지점에 도착했지요.
이윽고 4피트를 파고 나니 삽에 나무가 걸렸어요.
지도에서 궤짝이 나올 거라던 바로 그곳이었죠.
하지만 옆면에 새겨진 건 이런 말이었어요.
"저주를 내리리라, 이 황금을 건드리는 녀석에게."
서명까지 있었어요. 해적 모건, 바다의 재앙.
읽고 나니 오싹했어요. 피가 차갑게 얼어붙는 게.
그래서 지금 이렇게 막대한 재산 위에 앉아 있는 거예요.
따져보면서 말이죠. 어느 쪽이 더 손해인 건지:
나에게는 이 금이 얼마나 필요할까?
반면에 이 저주는 얼마나 필요할까?

경고
"저주를 내리리라,
이 황금을 건드리는
녀석에게."

# 핀과 바늘

핀과 바늘,
핀과 바늘,
내게 돛 한 폭을 꿰매주오
바람을 한껏 끌어안을.

돛을 꿰매주오, 돛을
강풍도 견딜 돛을,
목수는 그대의 연장을 꺼내주오
못과 망치를.

못과 망치,
못과 망치,
배 한 척을 만들어주오
고래를 따라잡게, 그렇지.

고래도 따라잡을,
푸른 바다도 가를,
선장도 한 명을 구해주오
선원으로 데려가주오, 나를.

선장과 선원,
선장과 선원,
날 데려가주오, 오, 데려가주오
새로운 곳, 그곳이 나의 소원.

## 다이빙 보드

너는 그 다이빙 보드 위로 올라갔어.
아주 근사하고 평평할 거라고 확신하면서.
그곳이 별로 미끄럽지 않다는 걸 확인했어.
한 사람 몸무게쯤은 거뜬히 버틴다는 것도 확인했고,
스프링이 팽팽하다는 것도 확인했어.
옷이 흘러내리지 않는다는 걸 확인했고,
잘 튕겨오를 거라는 것도 확인했어,
발가락들도 잘 움직일 것 같았고—
그렇게 너는 다섯 시 반부터 그 위에 있었지.
모든 걸 확인하면서… 다이빙만은 하지 않았지.

## 안전한 거야?

왼쪽도 잘 살피고
오른쪽도 잘 살피고
한 발짝 내딛기 전에
꿈쩍도 하지 않았다고.
왼쪽은 차가 없었고
오른쪽도 차가 없었고
이제 차분히 발을 옮겼어.
건너도 안전하다 생각했다고…

## 시끄러운 날

하루는 아이들을 위한 날로 만드는 거야
가장 시끄러운 소리를 낼 수 있는 날 말이야.
끽끽 비명을 지르고, 고함을 지르고, 소리를 지르는 거지―
초인종을 누르고, 종을 땡땡거리는 거지.
재채기―딸꾹질―휘파람―고함지르기,
가슴이 뻐근할 때까지 깔깔 웃어대기,
삑삑 휘파람을 불고, 깡통을 차는 거야.
숟가락으로 땅땅 프라이팬을 두드리는 거야.
노래하고, 요들송도 부르고, 괴성도 지르고, 콧노래도 부르고,
나팔도 불고, 둥둥 북도 두드리고,
창문을 흔들고, 문을 쿵쿵 치자.
바닥을 갈퀴로 긁어대자,

드릴을 돌리고, 못을 박고,
쓰레기통에다 호스를 뿌려대고,
소리를 지르자 야후—이야—만세,
음악을 크게 틀어놓고,
볼링공을 쿵쿵 튕기는 거야.
벽에서 스케이트보드를 타는 거야.
음식은 우적우적 먹고, 쩝쩝대고 후루룩거리며
씹고—우적우적—딸꾹질하고—트림도 하며.
일 년 중 하루는 이 모든 걸 다 하자,
나머지 날들은—제발 조용히 좀 하자.

## 나의 음흉한 사촌

그 애는 옷을 집어넣다
생각한 거야.
세탁기에서 하는
공짜 목욕을 말이야.
그래서 저렇게 돌고 있네,
뒤집히고 허우적대며
깨끗해 보이기는 하네─
별로 행복해 보이지는 않아도.

# 내가 말이야

내가 목이 쉬고, 갈라져 소리가 안 나기에
이렇게 말했지. "내가 말이야."*
그러자 애들이 내 등에 안장을 얹고 그 위에
올라탔어—그래서 지금은, 물론이야,
터덕터덕 걷다가 달리기도 하고,
동네를 의기양양 오르내리도 하지.
애들이 이렇게 외쳐, "이랴, 가자고."
(어떤 말들은 뜻대로 전달이 잘 안 되지.)

\* "I am a little hoarse." 원문은 '목이 쉰(hoarse)'과
'말(horse)'의 발음이 비슷한 점을 활용하고 있음.
번역문에서는 뜻을 좀 더 확실하게 할 때 쓰는 의존명사 '말'의 발음을 활용.

# 대니 오 데어

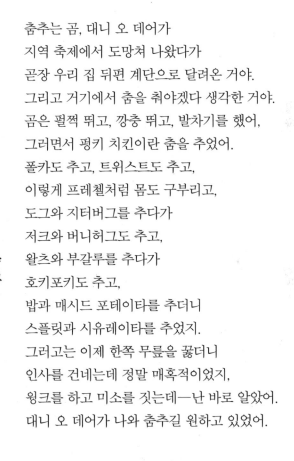

춤추는 곰, 대니 오 데어가
지역 축제에서 도망쳐 나왔다가
곧장 우리 집 뒤편 계단으로 달려온 거야.
그리고 거기에서 춤을 춰야겠다 생각한 거야.
곰은 펄쩍 뛰고, 깡충 뛰고, 발차기를 했어,
그러면서 펑키 치킨이란 춤을 추었어.
폴카도 추고, 트위스트도 추고,
이렇게 프레첼처럼 몸도 구부리고,
도그와 지터버그를 추다가
저크와 버니허그도 추고,
왈츠와 부갈루를 추다가
호키포키도 추고,
밥과 매시드 포테이타를 추더니
스플릿과 시유레이타를 추었지.
그러고는 이제 한쪽 무릎을 꿇더니
인사를 건네는데 정말 매혹적이었지,
윙크를 하고 미소를 짓는데―난 바로 알았어.
대니 오 데어가 나와 춤추길 원하고 있었어.

# 가구 소동

시곗바늘이
침대다리를 찔렀어.
그러자 침대다리가
의자등받이를 걸어찼고,
의자등받이는
탁자머리를 짓눌렀고,
탁자머리는
책상다리를 들이받고,
책상다리는
소파팔걸이에 부딪혔어.
그러자 소파팔걸이는
시계의 얼굴을 찰싹 때렸지.
그렇게 그들은 꼬집고 주먹을 날렸어.
그렇게 때리다 쓰러졌고,
그렇게 잡아채며 뒤집혔고,
그렇게 구르고 들이받았어.
게다가 불쌍한 옷장서랍은
몇 대 맞아서 몰골이 양말이 아니었지.*
내가 불을 켰을 때는
이미 이 무시무시한 가구 싸움도 끝나
톱밥과 스프링이 널려 있었지.

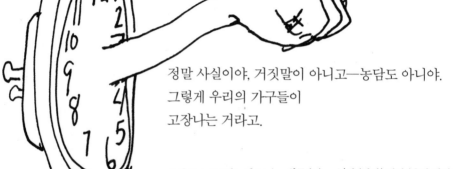

정말 사실이야, 거짓말이 아니고—농담도 아니야.
그렇게 우리의 가구들이
고장나는 거라고.

* Got a couple of socks. 원문은 'sock'에 '양말' 외에 '후려 갈기기'라는 뜻
이 있다는 점을 활용하고 있음. 번역문에서는 '영 말이 아니다'와 발음이 비슷한
점을 활용.

## 도대체 왜지?

왜 어떤 날 아침에만
네 옷이 안 맞는 거지?
바지가 얼마나 짧은지
굽힐 수도 앉을 수도 없고.
소매는 너무 길다 싶지
모자는 너무 꽉 조이고—
왜 어떤 날 아침에만
네 옷이 불편해지는 거지?

## 칠면조?

난 그냥 하나 먹었을 뿐이야.
올여름 소풍 때, 댄스파티 때
그냥 작은 칠면조 북채 하나를 먹었을 뿐이야—
그런데 나더러 그렇게 미련할 수가 없다고 하네.
딱딱하고 살도 없는 북채 하나,
그게 왜 그렇게 문제가 되는 거야?
왜 그런 일로 그렇게 화를 내지?
특히 북 치던 그 친구는 왜 그러는 거야.

## 롱다리 루와
## 숏다리 수

롱다리 루와 숏다리 수가
큰 길로 산책을 나왔다가
깔깔대고 농담을 했지, 좋은 친구들이지 않수?
롱다리 루와 숏다리 수.

롱다리 루가 숏다리 수에게 말했어,
"좀 더 빨리 걸을 수는 없겠어?
정말이지 미치겠어.
난 항상 앞에 있는데, 넌 항상 뒤쳐지잖아."

숏다리 수도 롱다리 루에게 말했어.
"나도 나름대로 빨리 걷고 있었어."
"좋아, 그럼 난 누군가 다른 사람과 산책하도록 하지."
롱다리 루가 숏다리 수에게 그렇게 말했지.

이제 롱다리 루는 혼자 걷고 있어.
누군가 다리가 비슷한 사람을 찾고 있지.
그리고 가끔은 그 따뜻했던 오후를 떠올리지.
예전에 숏다리 수와 걷던 때를 말이야.

한편 숏다리 수는 시내를 걷는 중이야.
느린 발 피트와 손을 잡고서.
보폭이 작아도 그들은 아쉬울 게 없지.
앞서가는 사람도 없지만, 뒤쳐진 사람도 없거든.

# 나의 로봇

내가 로봇에게 일을 좀 시켰지.
하품을 하며 이러는 거야. "설마 농담이겠지."
이번에는 스튜를 만들라고 했어.
그랬더니, "미안, 더 중요한 일이 있어."
방을 좀 쓸라고 한 게 큰일인가.
이러는 거야. "내 등이 굽으면 좋은가?"
이번에는 전화를 좀 받으라고 했어.
그랬더니, "나도 지금 전화할 데가 있어."
그래서 차를 좀 끓이라고 했지.
뭐라는 줄 알아. "나한테는 왜 차 한 잔 안 주지?"
계란 하나 삶아달라는 것도 무리였나봐.
이러는 거야. "우선—간곡히 부탁을 해봐."
그래서 그랬어. "날 위해 노래 한 곡 정도는 불러줄 수 있겠지?"
그랬더니 하는 말이, "불러주면 얼마 줄 거지?"
그래서 그놈의 로봇 팔아버렸어. 알 수가 있어야지.
도대체 누가 주인인지.

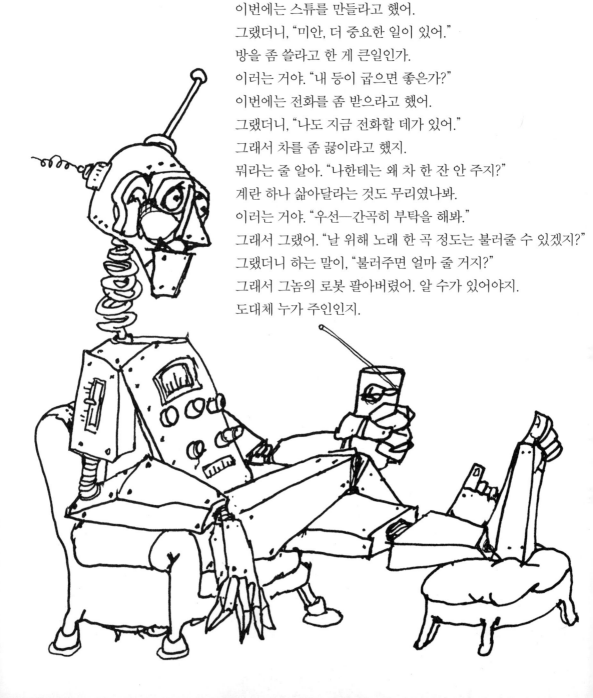

## 치명적인 눈

그것은 운명적인 분의
치명적인 눈.
저쪽, 저쪽을 보고 가길.
그렇게 지나쳐 가길,
누구라도 그 눈을 똑바로 쳐다보면
안녕치 못할 테니.
천만다행이야, 안 그랬다니…
뭐 그랬다고?…
그럼 안녕.

## 목소리

네 안에는 하루 종일 속삭이는
목소리가 하나 있지.
"이건 나한테 맞아. 내 느낌으로는,
저건 아니라는 건 알지."
어떤 선생님과 목사님, 부모님과 친구
현명한 이라도 판단할 수 없어.
무엇이 나에게 맞는지를—그냥 귀를 기울이라구
네 안의 목소리에.

## 메리루의 그네타기

그녀는 솟아오르고
밧줄이 뚝 끊겼어.
의자에 앉은 채로
멀리멀리 날아갔지.

심장이 두근거리고
코트 자락이 날렸어.
셔츠가 젖힌 채로
머리카락이 휘날렸지.

종이 땡땡 울리고
사람들이 박수를 쳤어.
루의 엄마만 큰 소리로
외치며 울먹이셨지.

그러다 우당탕-쾅 하고
엄마 품으로 안겼어.
항공우편으로
메리루가 반송된 거지.

## 원숭이

꼬마 원숭이 1가
가게에 2렀다 가던 중이었는데
3파란 바나나가 달린 나무를 본 거야.
4친 김에 올라가버렸지.
그날 오후 5시가 되자
온몸이 6 군데나 아팠는데
왜냐, 안 익은 바나나를 7개인가
8개나 먹어치운 거지.

밤 9시가 되자
원숭이는 너무 아팠어.
10도 나는 것 같아 의사를 불렀지.
11 안 나던 녀석이 말이야.
의사가 그랬어. "죽을 뻔했네.
안 익은 바나나는 이제 먹지 말거라."
아픈 꼬마 원숭이는 신음소리를 내면서 그랬어.
"1-2개도 안 되나요? 이런, 김 3-4."

## 상상

너는 그냥 상상을 하고 있는 거야.
머릿속에 쥐 한 마리가 있다고.
너는 그 망상만 멈추면 되는 거야.
도대체 쥐 같은 게 어디 있다고.
내 생각에 그건 너의 증상일 뿐이야.
혼자서 두려움을 만들어낸 거라고.
자 나를 믿어, 이건 중상모략이 아니야.
그 위에 쥐 같은 건 없다고.

# 시리얼

쌀바삭 시리얼들은 항상 박식해, 가끔 혀 짧은 소리를 내서 그렇지.
그릇 속에서 이렇게 속삭인다니까. "땃 따 따닷"
그리고 통밀 시리얼 말이야.
우유를 큰 병으로 부어봐야
절대 질척해지지 않을 거야(그렇다고 들었닷).

난 알아, 밀스낵 시리얼의 알갱이들은 단단히 뭉쳐 있을 거라는 걸.
바다 저 깊이 1년을 담가둔다 해도 말이야.
그리고 아침에서 점심까지
너의 포스트 콘플레이크는 바삭하지.
너에게 사랑과 변치 않는 헌신을 보여주면서 말이야.

귀리 시리얼은 길이길이 보존될 거야, 초코볼도 잘 떠 있을 거고.
그리고 그 누구도 쌀 뻥튀기를 가지고 뻥튀기 할 수 없지.
하지만 누가 이런 걸 좋아하는 이들을 위한
시리얼도 좀 만들어주면 좋겠어.

온통 축 늘어져 있고
감상적이고
기운 없고
울퉁불퉁한 데다
질척하고
덜 구워진 데다
흐물흐물하고
끈적하고
무른.
그것도 근사할 거야!

## 가장자리로 걷기

미신에 따르면, 금 간 곳을 밟으면 어떻게 된다나.
엄마의 등골을 휘게 만든다나 뭐라나.
바보 같은 얘기지, 하하, 신경 쓰지 마—
이런—툭—죄송해요, 엄마.

## 비명을 지르는 밀리

밀리 맥디빗이 비명을 질렀어.
어찌나 크던지 다들 질렸어.
큰 비명과 함께 턱뼈에서는 금 가는 소리가 났고
혀에 불이 붙더니 콧구멍에서는 연기가 났고
눈알이 익더니 툭 튀어나와버렸어.
귀는 북쪽으로 날아가고, 코는 남쪽으로 가버렸어.
이빨은 다 날아가고, 목소리는 망가져버렸고
머리마저 목에서 달아나버렸고—
산비탈 너머, 개울을 건너갔지.
하늘로, 그 비명을 따라갔지.
그러니까 그게 밀리 맥디빗에게 일어난 일이래.
(최소한 괴성을 질러대는 너희들은 다들 믿기를 바라)

## 문신하는 루스

옷깃은 답답하고
바지는 비싸고
재킷은 입으면 근질근질하고 더워.
그래서 문신하는 루스에게 옷 한 벌을 새겨달라고 했지.
이제 다들 내가 옷을 입었다고 생각해—
안 입고 있어도 말이야.

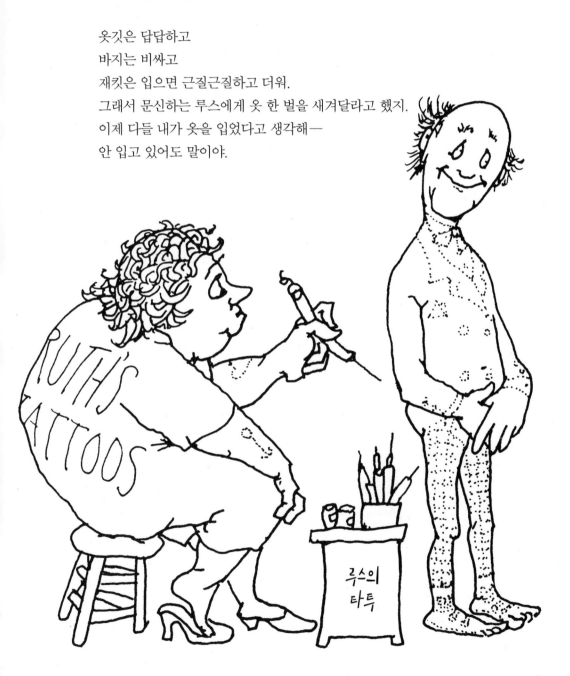

# 피노키오

피노키오, 피노키오,
그 나무로 된 작은 녀석 말이오.
거짓말을 할 때면
코가 조금씩 길어졌다오.

피노키오, 피노키오,
인생은 농담이라 생각했다오.
빨간 망토를 길게 두른 고양이와
여우를 만난 아침까지는 말이오.

그들은 외쳤다오, "이리 와요, 피노키오,
우리는 사람들을 즐겁게 해준다오.
줄에 매달려 저 도쿄오,
팀북투까지 춤추고 노래만 하면 된다오."

피노키오, 피노키오,
결국 순회 공연단에 팔렸다오.
성질 고약한 사람이 우리에 가두고
푹푹 찌를 막대기를 든 곳 말이오.

그래서 피노키오, 피노키오,
우리 밖으로 도망쳐 나왔다오.
아이들이 장난감을 가지고 놀며
욕하고 싸우고 담배 피우는 땅으로 말이오.

거짓말 1 거짓말 2 거짓말 3 거짓말 4 거짓말 5 거짓말 6 거짓말 7 거짓말

피노키오, 피노키오,
마침내 깨어났다오.
당나귀 귀에 눈물 뚝뚝 흘리며
그 가련한 나무 심장이 아팠다오.

그래서 피노키오 집으로 달려왔다오.
가능한 빨리 말이오.
그러나 아버지는 바다에 나간 뒤라
피노키오, 다시 바다로 갔다오.

피노키오, 피노키오,
흠뻑 젖고 말았다오.
돛단배를 잃고 고래에게 먹혀
이제 곧 죽을 것처럼 보였다오.

그러나 피노키오, 피노키오,
불을 피웠다오.
고래 뱃속에서, 고래는 한바탕 재채기를 하며
연기와 함께 그를 뱉어냈다오.

피노키오, 피노키오,
다음 날 아침 깨어났다오.
더 이상 줄도 꼭두각시 장치도 없고
당나귀 귀도 사라지고 없었다오.

말 9 거짓말 10 거짓말 11 거짓말 12 거짓말 13 거짓말 14

그리고 코도—놀랍게도—평범하게 돌아왔다오.
몸도 소나무로 만든 게 아닌 좋은 느낌이었다오.
그래서 외쳤다오. "아 기뻐, 내가 진짜 아이가 되다니
이제 만사 오키 도키오."

## 별난 새

새들이 겨울을 나러 남쪽으로 날아가고 있고
여기 별난 새 한 마리만 북쪽으로 날아가고 있네.
날개를 퍼덕거리며 부리는 달달 떨고
차가운 머리는 앞뒤로 까닥이고 있네.
새의 말이, "얼음에, 추운 바람에, 내가 말이야,
눈 덮인 땅이 좋아서 이러는 게 아니야.
가끔은 말이야, 왠지 근사하다 이거지.
동네에서 유일한 새가 된다는 것 말이지.

## 돌로 된 비행기

나는 비행기를 돌로 만들었어…
항상 집에 있는 걸 좋아했거든.

## 나눔

네 장난감들을 같이 쓸 거야, 네 돈도 같이 쓸 거고,
네 토스트도 같이 먹을 거야, 네 꿀도 같이 먹을 거고,
네 우유도 같이 마실 거야, 네 쿠키는 물론이고—
가장 힘든 점은 내 걸 너와 나누는 거라고.

## 아이스크림 먹는 시간

서커스 열차가 아이스크림 때문에 멈추었어.
52가지 맛의 아이스크림 가게 앞이었지.
동물들이 다들 열차에서 내렸고
아이스크림을 향해 걸어갔어.
고릴라가 외쳤지. "나는 바닐라!"
오셀롯은 소리쳤어. "나는 초콜릿!"
　비둘기도 짹짹거렸어. "나는 딸기!"
　　두꺼비도 꽉꽉거렸어. "나는 꽉꽉 눌러 담아줘."
　　　사자도 으르렁거렸어. "사자마자 먹어주마."
　　아이스크림 장수가 그랬지. "돈 한 푼이라도 내기 전에는
　　아이스크림은 꿈도 꾸지 마."
그러자 동물들이 으르렁거리고, 끽끽대고, 가르릉거리고
힝힝 울고, 낑낑거리고, 퍼득거리고, 울부짖었어.
그러고는 아이스크림 가게 전체를 먹어치웠지.
52가지 맛을 몽땅 말이야.
(아이스크림 장수까지 치면 53가지 맛을)

## 많이 먹기 대회

입장료를 내라는 거야.
2달러를, 그 다음엔
20달러를 더 냈지.
그 햄버거와 감자튀김 값으로.
병원비가
110달러나 나왔지.
하지만 내가 이기긴 했어—
5달러를 받았어, 1등상으로!

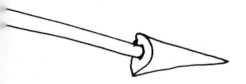

## 물갈퀴의 비애

우리 백조와 거위들은
운이 지지리도 없지.
누가 누구인지도
당신들은 모를걸.
내가 뒤뚱대면서 가—
그러면 다들 "오리다." 하며 외치지.
모르겠어?
내가 거위라는 걸?

### 용 선생의 생신

그가 오고 있다네, 호수를 가르며
그가 오고 있다네, 케이크를 가르러.
함께 노래하세. "축하합니다, 용 선생의 생신을"
즐겁게 구경하세, 그분이 몸소 켜실 촛불을.

## 곰과 불, 그리고 눈

곰이 말했어. "나는 항상 눈이 무서워."
"언제고 눈이 오면 난 딴 데 가 있을 거야.
으, 그 고통과 추위라니.
늙고 쇠약해지니
나는 항상 눈이 무서워."

눈이 말했어. "나는 항상 불이 무서워."
"언제든 불이 오면, 그때가 달아날 때야.
그 노란 불꽃은 날름거리며
위로, 또 위로 솟구치지.
나는 항상 불이 무서워."

불이 말했어. "나는 항상 강이 무서워."
"강은 원하면 언제든 내 불꽃들을 덮어버려,
그리고 난 그 축축함을 생각하면
말을 더듬고 벌벌 떨어.
나는 항상 강이 무서워."

강이 말했어. "나는 항상 곰이 무서워."
"녀석은 나를 바로 마셔버릴 수 있다니까, 안 그래?"
정작 그 순간 멀찍이서는
곰이 이러는 소리가 들렸어.
"나는 항상 눈이 무서워."

## 발 수선

너무 많이 걸은 나머지 저는 발이 닳아버렸어요—
그 기분이 얼마나 이상한지 알아요?
구두수선공에게 갔지요. 그가 말하길, "아하,
새 밑창과 굽이 필요하겠군요."

그러더니 그는 못 몇 개와
두툼한 새 가죽을 가져와
가능한 한 빠르게
꿰고, 고정하고,
붙이고, 자르고,
저를 위해 광까지 내주었어요, 반짝반짝하게.

하지만 그가 "10달러입니다."라고 말했을 때
저는 놀라 넘어질 뻔했어요.
"10달러요? 밑창과 굽만 갈았는데?
그 돈이면 새 발을 살 수도 있었다고요."

# 기다리는 작가

오, 이건 눈부신 새 컴퓨터야—
이보다 더 귀여운 것은 없을걸.
세상이 여태껏 아는 모든 걸 알고 있는
이 위대한 컴퓨터가 있으니
글쓰기 선생님도 필요 없을 거야.
이것이 못 하는 일이라고는 단 한 가지도 없지.
정렬도 할 수 있지, 철자도 맞추지,
구두점도 잘 맞춰,
찾고, 정리하고, 밑줄 긋고, 타자도 칠 수도 있고,
편집하고 고를 수도 있지.
복사하고 고칠 수도 있어.
그러니 오늘밤이면 책 전체를 쓸 수 있겠지.
(컴퓨터가 글감만 생각해주면 곧바로 쓸 수 있겠지)

## 마음씨 따뜻한

비트리스 브라이트는 동물들의 권리를 지지해—
'동물의 날'만 기다리며 살고 있지.
누군가 그녀가 새 여우목도리를 한 걸 보았다는데
잘 봐봐, 그 여우는 살아 있지.

## 멍청한 연필 회사

어떤 멍청이가 이놈의 연필을 잘못 만들었어—
연필심이 있어야 할 자리에 지우개가 있다니까.
정작 심은 위에 있고 말이야—나한테는 영 안 맞아.
이렇게 멍청한 회사가 있을 수 있다는 게 놀랍다니까.

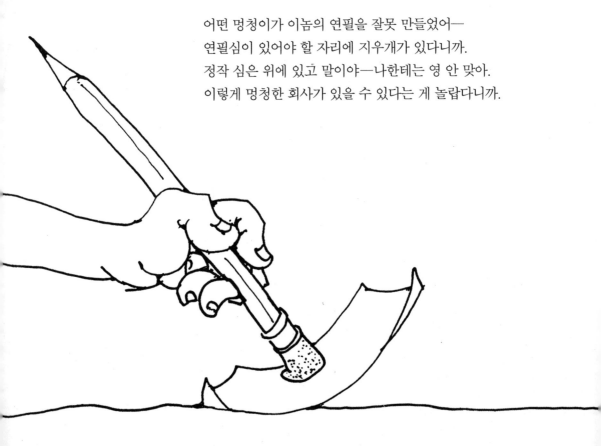

# 독감

이번 감기는 셔츠소매로는 무리야.
가서 휴지 좀 갖다주겠어?—자, 어서,
코가 간질거리고 숨이 가빠
금방 재채기할 것 같아.
얼마나 참을 수 있을지 모르겠어…

엣취—휴지로는 모자라는군,
빨리, 손수건 좀 갖다주겠어?
이거—엣취—농담이 아니라고.
이제 손수건까지 젖었다고.
이것 봐, 어쩌면 행주가 나을지도 모르겠어.

엣취—목욕 수건으로도 모자라는군.
이런 감기는 난생 처음 겪어봐.
차라리 그게 낫겠다.
큰 식탁보 말이야.
아니야—기둥에 달린 깃발 좀 줘봐.

엣취—옷장 안의 옷들 좀 갖다줘,
엣츄—침대 시트도 갖다줘.
창문의 커튼을 떼어오든가
바닥의 깔개를 벗겨오든가
이 머리에 든 감기 좀 쭉 빨아들여줘.

엣취—빨리 서커스장에 좀 다녀와.
가서 텐트 좀 빌릴 수 있나 물어보면 좋겠어.
빌려줄 수 있다고?
여기 오는군—오 감사합니다—
여기 있어요—엣-취취—다 날아가버렸어.

## 새로운 세상

물구나무 선 나무들이 자유로이 흔들려,
버스들은 떠다니고 건물들은 매달려 있지:
이따금 이렇게 세상을 보면 정말로 멋져—
이렇게 다른 각도에서 말이지.

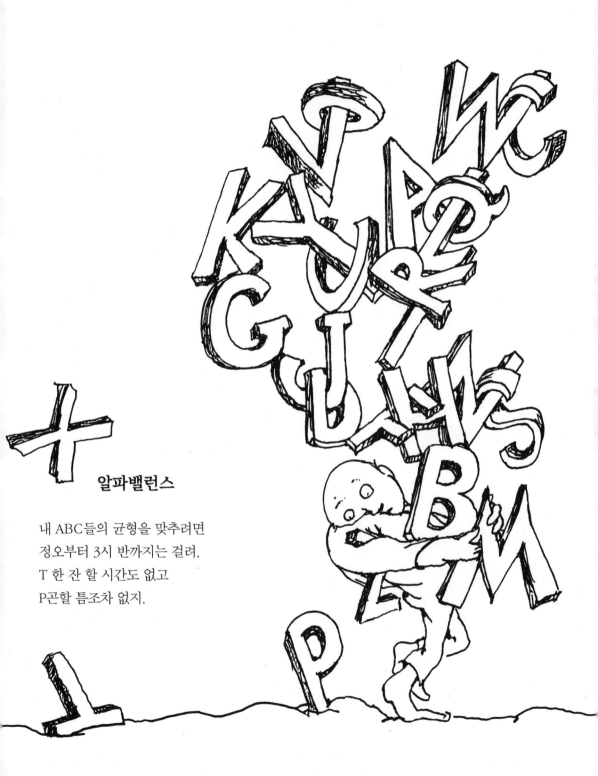

## 알파밸런스

내 ABC들의 균형을 맞추려면
정오부터 3시 반까지는 걸려.
T 한 잔 할 시간도 없고
P곤할 틈조차 없지.

## 이상한 식당

내가 그랬지, "저는 티본 스테이크로 할게요."
부드러운 음매소리가 들려왔어. "오우, 와우."
올려다보고서야 깨달았지.
웨이트리스가 소였구나, 와우.

난 당황했어. "앗 실수—스테이크는 잊으시고요.
닭고기로 하지요, 그럼."
그때 꼬꼬 소리가 들렸었고—그게 내 팔자였는지
그릇 치우는 종업원이 닭이었네, 저런.

내가 그랬지. "그렇군요. 오늘은 닭요리는 아니고요.
오늘 같은 날은 역시 해물 요리죠."
순간 나는 주방문 너머로 보았어.
이런—요리사가 물고기였지.

나는 큰 소리로 물었어. "여기 혹시 일하시는 분들 중에
양파나 비트도 있나요?
아니라고요? 확실한가요? 네, 그럼, 여러분,
샐러드로 하도록 하지요."

다들 날 쳐다보았어. "그건, 좀."이라며 이러는 거야.
"사장이 양배추 대가리라서요."

## 했을 텐데-했을 수도-했었어야

했을 텐데-했을 수도-했었어야들이 모두
햇볕을 쬐며 누워 있었어.
어쩌면 그들이 했을 텐데-했을 수도-했었어야 하는
일들에 대해 얘기하면서…
그러다 그 했을 텐데-했을 수도-했었어야들이 다들
흩어져 숨어버린 거 있지.
웬 새파란 '했다' 한 명을 본 거지.

## 마술사 시빌의 마지막 쇼

마술사 시빌은 어찌나 인색했던지
토끼에게 당근 하나 사주지 않았어.
토끼는 야위어 뼈와 가죽만 남았고
못 견디게 배가 고팠지—
그래서 시빌이 모자 안으로 손을 넣어
토끼 귀를 잡으려 했을 때,
뭔가 당기는, 끌어당기는 걸 느끼고는
획—사라져버렸던 거야.
"여태껏 본 가장 훌륭한 쇼야!"
우리는 마술사 시빌에게 환호했지.
그러나 남은 것은 모자와 망토뿐이었어.
그리고 토끼의 이런 소리만 계속.
"오물…오물…오물."

## 불쾌한 모임

그들은 불쾌한 모임을 가졌어.
모두가 거기 와 있었어.
햄버거 얼굴과 소름끼치는 몰골
흙투성이 머리의 해골도 있었어.

진흙 씨와 비열한 녀석도 있었고
침흘리개와 트림하는 밥도 있었어.
머리가 셋인 앤도 있었는데—흐느끼다 웃다 하는
거지와 손을 잡고 있었어.

발음하기 힘든 이름, 그 녀석도 왔고,
코가 톱 모양인 댄도 왔어.
똥싸개 피트와 냄새나는 발,
반투명인간도 왔어.

돌연사와 두터운 양말 냄새도 왔고
왕 구토와 죽도록 지루한 녀석도 왔어.
우리가 한 번도 본 적 없던
살인마 딜론과 다른 악당들도 있었어.

이제 우리는 둘러앉아 우리가 아는
가장 불쾌한 녀석들에 대한 악담들을 나누었어.
그리고 모두들 계속 이렇게 물었지…
아니, 자네 그동안 어디에 있었어?

## 정원사

우린 너에게 기회를 주었지.
식물들에게 물 좀 주라고.
그런 뜻으로 말한 게 아니었어—
어서 바지 지퍼 좀 올리라고.

## 메두사

둘둘 감고 쉬쉬거리며—몸부림치고 비틀고—
내 머리손질은 끝이 없을 거야.
왜냐, 한 올이 "말총머리"라고 속삭이면
다른 하나가 외치지. "그냥 트레머리로."
그럼 또 하나가 속삭이지. "여러 가닥으로 따."
그러면 또 하나가 비명을. "싹둑 자르는 게 최고야!"
그럼 또 하나가 외치지. "그냥 감고 말려."
그럼 다른 하나가 가로막지. "아냐, 말아서 묶어야지."
그럼 또 하나가 소리쳐. "염색을 해야지."
이러니 내 머리모양을 어찌 정하겠어?
이 머리칼들이 조용히 입을 다물어야 뭘 하지.

## 우린 물감이 떨어졌어, 그래서…

우리 식재료로 그림을 한 장 그리자.
빨강은 이 체리를 꽉 짜서 만드는 거야.
보라는 위에다 포도주스를 좀 뿌리고
파랑은 블루베리를 쓰는 거지.
검정은 감초 뿌리를 살짝 쓰면 되고
갈색은 그레이비소스를 조금 붓는 거야.
노랑은 네가 방금 준 계란 노른자면 돼.
붓을 찍어 쓰는 거지.
우리는 사과소스로 사인도 할 거야.
제목은 "우리의 식사,"
벽에 걸어놓는 거야. 다들 와서
멈추어… 들여다보고… 식사 좀 하는 거지.

### 그 난쟁이와 그 모기와 그 소

나는 그 늙은 난쟁이가
거 모기 한 마리를 때려잡는 걸 봤는데,
거 소의 코를 빨아먹고 있었던 거야.
내가 그랬지. "거 추잡한 난쟁아,
거 지금, 그만 좀 해라.
그 모기는 너한테 아무 짓도 안 했잖아."

거 난쟁이가 그 쭈글쭈글한 머리를 끄덕이며 그러더군.
"거 살다 살다 그런 얘긴 처음 들어봤네.
거 얼간이에게 붙은
모기를 때려잡는 게
거 잘하는 일이 아니라는 그런 얘기 말야."

## 손잡기

누군가 말했어. "우리 다 같이 손을 잡아요."
그래서 리는 진과 손을 잡았지.
진도 헬렌의 손을 잡았고
헬렌은 딘과도 손을 잡았지.
딘은 다른 손으로 샤르마 조이의 손을 잡았고
조이는 리와도 손을 잡았어.
그러니까 난 어쩌다 이렇게 내 손을 잡고 있는
처지가 되었나 설명 좀 해줘.

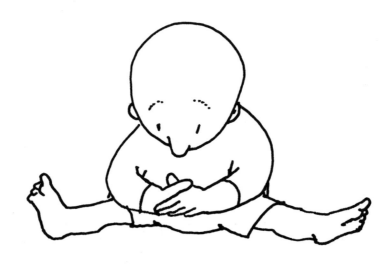

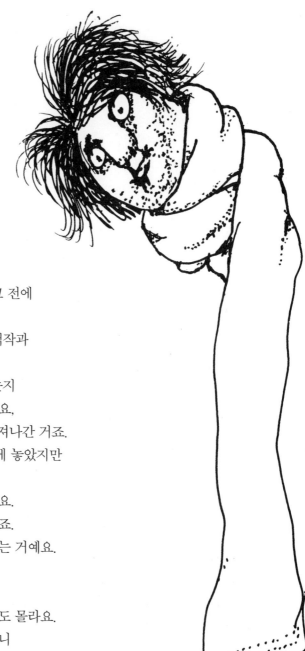

# 긴 목도리

저에게 이 목도리를 풀고
잠시 앉아 쉬라고 하셨죠?
아주 친절하시군요—하지만 그 전에
이야기를 하나 들려드리죠.
몇 년 전 저는 불운과공포의 백작과
결투를 벌였어요.
그런데 미끄러졌는지 넘어졌는지
그의 칼이 댕강 베어버린 거예요,
제 목을—그렇게 머리가 떨어져나간 거죠.
저는 머리를 들어올려 제자리에 놓았지만
잘 붙지 않았어요.
그래서 이 목도리를 두른 거예요.
머리가 목에 붙어 있도록 말이죠.
그래서 항상 이렇게 두르고 있는 거예요.
이게 풀리기라도 하면
이 덜렁거리는 머리가
당신 무릎 위로 굴러 떨어질지도 몰라요.
자 이제 제 얘기를 들려드렸으니
실례가 되지 않는다면,
그리고 여전히 제가 이 목도리를
벗길 원하신다면…
그렇게 하지요!

## 좋을 수가 없어
### (한숨에 읽어야 함)

일레인은 일 얘기만,
질은 질질 짜지,
위니는 위험하고
오린은 오만하고
밀리는 미련하고
로지는 오지랖에,
주니는 주책맞고,
구시는 궁상맞고
재키는 재수없고
토미는 토나오고
메리는 매력없고
태미는 태만하고
애비는 애들같고
패티는 패싸움에
매지는 매섭고
티니는 티격태격
미시는 미적대고
니키는 니가뭔데
리키는 끼리끼리
이거 하나같이 날
진저리나게 한다니까.
(휴!)

## 나는 그렇게 태어났대…

사람들이 나는 아빠 코를 갖고 태어났대,
할아버지의 눈과
엄마의 머리칼을 갖고 태어났대,
그게 가능해? 내 엉덩이만
진짜 내 거라는 거야?

# 장난감 잡아먹는 괴물

장난감 안 치워도 돼, 알겠지?
그냥 거기 바닥에 두어도 돼.
그러면 오늘밤 장난감을 잡아먹는 끔찍한 투클이
문틈으로 살금살금 들어올 거야,
그리고 네 병사들을 아작아작, 트럭들을 우적우적
불쌍한 꼭두각시 인형들은 잘게 잘게 씹어 먹을 거야.
대관람차는 삼키고, 물감들은 후루룩 마셔버리고
귀여운 인형들의 머리를 물어뜯겠지.
그런 다음 네 배에 달린 돛으로 입을 쓱 닦고
트림 소리를 내며
스르르 사라질 거야—하지만 자 자, 괜찮아,
장난감 안 치워도 돼.

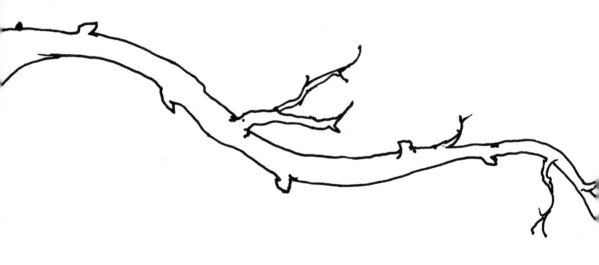

## 묘사

조지가 말했다. "신은 작고 뚱뚱해."
그러자 닉이 말했다. "아냐, 신은 크고 야위었어."
그러자 렌이 말했다. "길고 흰 수염을 길렀지."
"아냐." 존이 말했다. "말끔히 면도를 했어."
윌이 말했다. "그는 흑인이야." 밥이 말했다. "백인이야."
론다 로즈가 말했다. "그러니, 그분은 여성이야."
나는 씩 웃었지만 누구에게도 말하지 않았다.
신이 내게 사인을 해서 보내준 사진이 있다는 걸.

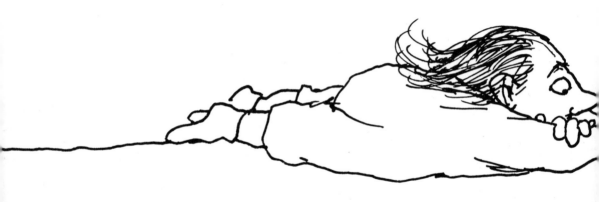

## 구두와의 대화

대화할 사람이 아무도 없네—
구두랑 얘기해야지.
녀석에겐 구두 혀도 있고
구두코도 있거든.
게다가 속은 얼마나 깊은지,
발목 잡지도 질질 끌지도 않아.
(하지만 녀석이 감싸고 드는 한 가지가 있지.
그놈의—발)

어린 인간
먹이를 주지 마시오
동물원
1번
우리
경고
이 동물은 사납고
위험함.

## 인간 동물원

나는 엘크 사슴과 순록에게 붙들렸어.
녀석들은 덩굴 올가미로 나를 묶어
멀리 동물나라로 끌고 왔어.
그러더니 인간 동물원에 가둬버렸어.

지금 나는 무척이나 비좁은 우리 안에 있지.
(야생 인간을 그냥 자유롭게 돌아다니게 둘리 없지),
3시 15분쯤 빵과 차를 먹이로 주지?
그러면 동물들이 다들 와 나를 흘끔 들여다보지.

다들 손가락질하고 킥킥대고 가끔은 침도 뱉어
(내 우리에는 창살이 있어 찌르거나 때릴 수는 없어),
게다가 소리도 질러, "재주 좀 부려봐." 나는 그냥 꿋꿋이 앉아 있어,
아무것도 안 하고… 다만 사색은 좀 하고 있어.

그러니 날 보러 올 거면 그냥 울부짖거나 깍깍거리거나 음매해.
너도 동물인 척해야 해,
왜냐 네가 사람인 걸 알면 너도 집어넣을 게 분명해.
여기 동물나라의 동물원 2번 우리에다 집어넣을 게 뻔해.

## 혀를 내미는 자

아마 내 들은 바로는 오래전 잔지바르였지,
한 소년이 혀를 너무 길게 내민 나머지
하늘에 닿고, 결국 별에도 닿았다지.
그래서 아주 심한 화상을 입었다지.

난 거기 없었지만, 사람들 말이 그 촌놈이 말이지.
요즘은 입 안에 혀를 잘 넣고 다닌다지.
하지만 누가 그에게 내밀어보라고 부탁하지…
누가 알아? 아주 좋다며 내밀지.

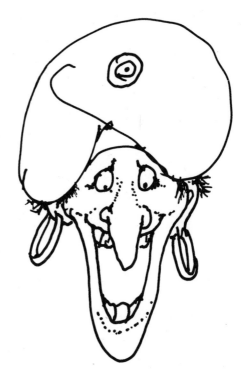

## 최면에 걸린

어때 최면 한 번 걸어봐?
내 눈을 깊이, 깊이 바라봐.
이제 너는 나른해지고, 잠에 빠져들어.
깊이, 깊이, 깊이—잠에 빠져들어.
이제 너는 내 손아귀에 있는 거야.
30분 동안 풀을 좀 베는 거야.
내 구두를 닦고, 머리도 잘라주고.
내 속옷도 전부 빨아주고,
내 숙제도 좀 해줘. 등도 좀 긁어주고,
팬케이크도 이만큼 구워주고,
가서 설거지도 좀 하는 거야.
못을 가져와 문도 고치는 거야.
이제 눈을 뜨고, 정신이 좀 드니?
어때, 재밌지 않아? 최면에 걸려보니.

# 둘러앉아

뱀파이어, 늑대인간, 식인귀와
캠프파이어에 둘러앉아
맥이 살인한 이야기를 해줬더니
식인귀가 소리를 지르며 도망가더라.
맥을 못 추는 거 있지.

뱀파이어, 늑대인간과
캠프파이어에 둘러앉아
에드의 머리가 셋이란 이야기를 해줬더니
늑대인간도 집으로 도망가더라.
어디 가 숨어버린 거 있지.

뱀파이어 녀석과 나만 덜렁
캠프파이어에 둘러앉아
해골에 대한 시를 읽고 났더니
이제 나만 남아 있더라.
웬걸 다 가버린 거 있지.

### 너를 위한 빨간 꽃

두드러기가 날 수도 있고
독이 있을 수도 있어.
하지만 어쨌든, 널 위한 꽃다발이야!
야—농담 한 번 못해?

# 나의 코 밭

나에게는 여러 그루의 코들이 있지.
녀석들이 왜 이리 다양한 크기로 자라는지 정말 모르겠다 이거지.
귀리도 콩도 아니고, 그냥 감기 걸린 코들이지.
녀석들이 다 같이 코를 풀어댈 때면, 난리도 아니다 이거지.

콧물을 흘리고, 벌개지고, 한마디로 재채기하는 코들이지.
콧물이 떨어져 흐르고, 꽃을 피우고 얼마 후 시든다 이거지.
그렇다고 어디 예쁜 꽃 박람회 같은 곳에도 출품할 수 없다는 거지.
정말이지 상 받을 기대라고는 할 수 없다 이거지.

하지만 매일 아침 나는 코들에게 물을 주러 가곤 하지.
내가 어디에도 팔 수 없는 이 여러 포기의 코들에게 말이지.
단연코 내 모든 근심의 원인은 이 빨갛고 훌쩍이는 코들이지.
까마귀들조차 이 코들이 냄새난다고 불평을 한다 이거지.

왜 코지? 콩도 아니고? 좋아, 그렇다 치지.
왜 이 코들은 이렇게 빼곡히 자라느냐는 말이지.
아무튼 콩들은 없지만 와서 코들 좀 파가시지—
내 장담하는데, 하나하나 콕 파기는 좋은 코들이라 이거지.

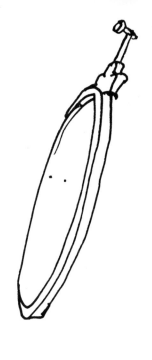

## 거울아, 거울아

여왕: 거울아, 거울아, 너는 알지?
　　　세상에서 누가 가장 아름다운지.

거울: 백설 공주, 백설 공주, 백설공주요—
　　　오늘 밤에만 백만 번은 말했어요.

여왕: 거울아, 거울아, 너는 알지?
　　　내가 너를 떨어뜨리면 어떤 일이 벌어질지.
　　　쨍하는 요란한 소리와 산산 조각이 나겠지.
　　　네 흩어진 유리는—쓰레기와 함께 쓸려가고.
　　　테두리는 휘어진 채, 바닥에 버려져 있겠지—

거울: 저기… 한 번만 더 물어보세요. 누가 가장 아름다운지.

여왕: 거울아, 거울아, 너는 알지?
　　　세상에서 누가 가장 아름다운지.

거울: 여왕님—여왕님—정말이에요.
　　　세상에서 가장 아름다운 건 여왕님—오로지—당신 한 분뿐.
　　　(오로지 한숨뿐!)

## 돼먹지 못한 녀석

돼먹지 못한 녀석이 모자에 구멍을 뚫었다.
돼먹지 못한 녀석은 고양이에게 옷을 입혔고
돼먹지 못한 녀석은 말다툼을 벌였다.
쥐가 생쥐인지 시궁쥐인지를 두고.

돼먹지 못한 녀석이 방망이로 자전거를 부췄다.
돼먹지 못한 녀석은 경찰에게 저리 가라고 했고
돼먹지 못한 녀석은 언니에게 뚱뚱하다고 그랬다.
그리고 언니의 생일케이크가 납작해지도록 깔고 앉았다.

돼먹지 못한 녀석이, 욕을 하고 침을 뱉었다.
돼먹지 못한 녀석은 모기의 날개를 떼버렸고
돼먹지 못한 녀석은 냄비에 빠졌다.
그리고 저녁으로 요리가 되었다는 이야기.

그러나 후추를 뿌려도
소금과 허브를 뿌려도
양파와 마늘과 기름으로 요리해도
아무도 한 입도
먹지를 못했지.
왜냐하면 녀석은 돼먹지 못했으니까.

## 말을 잘 듣는

선생님이 말씀하셨지, "넌 너무 말을 안 들어.
안절부절 못하고
가만히 앉아 있지를 않지.
그러니 구석에 가 있어.
내가 돌아서라고 할 때까지."
그래서 나는 어두워질 때까지 서 있었어.
흐느끼지도 눈물을 흘리지도 않았어.
나 빼고 모두들 집에 갈 때까지.
아마도 선생님은 날 잊으신 것 같았어.
그날이 금요일이었거든. 그래서 나는
주말 내내 그러고 있었지―아주 얌전하게
게다가 월요일이 여름 방학의
첫날이었어. 그래서 어떻게 했게?
뜨거운 7월과 끈적한 8월 내내 서 있었지.
선생님 말씀을 따른 거였지.
그 자리에서 9월까지도 그러고 있었어.
그러니까―젠장―사람들이 학교 문을 닫을 때까지!
문과 창문에 널빤지를 박더니
학교가 이사를 가버린 거야. 동네 반대편으로
그래서 나는 여기 40년을 서 있었어.
어둡고 먼지투성이에 삐걱대는 이곳에서 이 자세로.
선생님이 이렇게 말씀하실 걸 기다리며. "돌아서렴."

이런 건 선생님이 의도하신 게 아니라고?
하지만 난 말이야―이렇게나 말을 잘 듣는다고.

## 꼴깍—꼴깍

그는 생각했지. 거긴
가장 큰 물웅덩이라고.
가서 첨벙거릴 거라고.
결국 알게됐지, 거긴
가장 작은 호수였어—
게다가 가장 깊었다고.

# 황금알을 낳는 거위

그래, 우리가 그 살찐 거위를 잡아먹었어.
너는 우리가 미쳤다 생각할 거야.
왜냐하면 그 거위는 황금알을 낳는 거위였거든.
하지만 너는 그 고통을 모를 거야.
황금알을 삶느라 고생하고 있으면
우린 배가 고파 죽을 것 같았지.
그 거위가 평범한 알을 낳았다면
오늘도 우리랑 함께 있었을지 모르지.

## 가르쳐도 리처드

"콩 좀 주세요."라고 말하라고 해도
리처드는 팔을 뻗어 콩을 낚아챘지.
"양갈비 좀 주세요."라고 말하라고 해도
리처드는 포크를 내밀어 고기를 푹 찔렀지.
아빠의 경고에도 불구하고
엄마의 눈물어린 가르침에도 불구하고
음식을 집을 때마다 녀석의 팔은 길어졌어.
약 18미터에 이를 때까지.
리처드는 말했지. "맞아, 내가 봐도 기이해.
하지만 이것 봐, 팔 뻗기에는 아주 좋다니까."

# 귀신 든

너희 함께 가보는 거 어때?
울부짖는 언덕 위의 귀신 들린 집으로.
그곳에선 노란 눈을 한 구불구불한 것들이
흘끔흘끔 내다보지, 벌레 먹은 창으로.
우리는 달밤에 몰래 들어갈 거야.
잡초들이 손가락처럼 뻗어 있는 마당을 지나
문의 경첩들이 삐걱대는
오래된 썩은 현관문을 지나
어둡고 무언가가 속삭이는 거실을 따라갈 거야.
곰팡내 나는 서재를 통과해
구부러진 계단 위쪽으로—
피 묻은 계단을 향해—
비밀스런 덧문을 밀면
침실이 나오고 우리는 그리로 떨어질 거야.
거미줄이 얼기설기 얽힌 먼지 낀 침대 위로.
분명 거기에서 열 명은 죽었겠지.
이제 박쥐들이 끽끽대고
정령들이 비명을 지르고
천둥이 쿵쾅대겠지.
무시무시한 악몽처럼.
그리고 우리는 좀비들과 노래를 할 거야.
죽은 자들과 춤도 추고
유령에게 울부짖을 거야.
그들의 머리에는 도끼가 꽂혀 있고,
그런데—가만 생각해보니, 어때?
우리 그냥 아이스크림이나 먹으러 갈래?

# 시무룩 씨

자, 여기 보이는 건 우리의 시무룩 씨입니다.
아주 우울하게 표정을 찌푸리고 있죠.
하지만 그를 한 번 뒤집어 보세요…

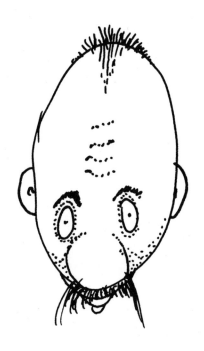

시무룩 씨를
—뒤집어 보면—
활짝 웃는 사람!

## 점심시간마다

나는 도시락 가방을 열며
그런 걸 기대하는 거지.
샌드위치나 사과
아니면 쿠키나 케이크?
그런데 거기에는 똬리를 튼 채 쉬쉬거리는
큰 뱀 한 마리가 있는 거지.
이만큼이나 크고
독이 있을지도 모르는.
뱀은 몸을 풀며 주르륵 미끄러져
쉬쉬거리며 사라져.
내가 한껏 배고프도록 내버려둔 채.
그런 일은 매일매일 벌어져…
네 생각엔, 엄마가 나한테 화난 것 같아?

## 캥거 루비*

펄쩍 뛰다 오물거리고, 오물거리다 펄쩍 뛰고,
다른 건 뭘 할 수 있는 거야?
그저 와틀 나무를 밑동부터 위쪽까지 씹는 것 말고
뭘 할 수 있는 거니, 캥거루야?

너는 저 먼지 자욱한 수풀 속에 살지.
차가 쌩쌩 달리는 곳에서 멀리 떨어진 그곳에서
스무 마리의 다른 캥거루들과 살지.
그 작은 캥거리에서.

그러다 춤을 추고 싶어지면
그냥 간단히 발굽을 흔들지.
그러다 네 작은 오두막 위로 뛰어오르면
거기야말로 풀 덮인 캥거루(樓)지…

하지만 다른 때 너는 깨어 있어.
음흉하고 심술궂은 분위기지.
그리고 주위의 모두에게 소리를 질러
정말이지 캥거리낌이 없지.

어떤 캥거루도 너만큼 높이 뛰지 않아.
어떤 캥거루도 너만큼 멋지지 않고.
그래서 그들은 너를 여왕으로 뽑았어—
이제 너는 캥거룩한 몸이고,

그들은 너에게 여왕의 케이크를 구워주었어.
지난 수요일 오후에는 다들 모였지.
물론, 너는 가서 그리로 펄쩍 뛰어들었어.
물론 케이크는 캥가루가 되어버렸지!

* 캥거루의 'ㄹ'로 말놀이를 이어가는 이 시에서는
캥거루의 이름도 'ㄹ(원문에서는 r)'로 시작하는 루비
(Ruby)로 지었다.

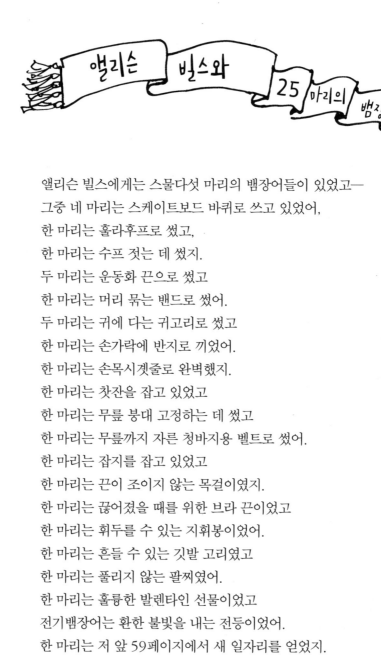

앨리슨 빌스와 25 마리의 뱀장어들

앨리슨 빌스에게는 스물다섯 마리의 뱀장어들이 있었고—
그중 네 마리는 스케이트보드 바퀴로 쓰고 있었어,
한 마리는 훌라후프로 썼고,
한 마리는 수프 젓는 데 썼지.
두 마리는 운동화 끈으로 썼고
한 마리는 머리 묶는 밴드로 썼어.
두 마리는 귀에 다는 귀고리로 썼고
한 마리는 손가락에 반지로 끼었어.
한 마리는 손목시곗줄로 완벽했지.
한 마리는 찻잔을 잡고 있었고
한 마리는 무릎 붕대 고정하는 데 썼고
한 마리는 무릎까지 자른 청바지용 벨트로 썼어.
한 마리는 잡지를 잡고 있었고
한 마리는 끈이 조이지 않는 목걸이였지.
한 마리는 끊어졌을 때를 위한 브라 끈이었고
한 마리는 휘두를 수 있는 지휘봉이었어.
한 마리는 흔들 수 있는 깃발 고리였고
한 마리는 풀리지 않는 팔찌였어.
한 마리는 훌륭한 발렌타인 선물이었고
전기뱀장어는 환한 불빛을 내는 전등이었어.
한 마리는 저 앞 59페이지에서 새 일자리를 얻었지.

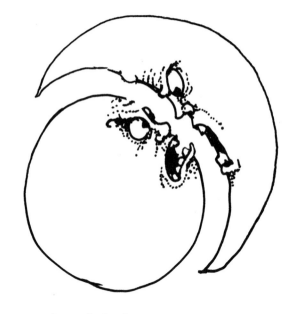

## 하늘 위의 결투

어느 쪽도 아니었지, 온전한 낮도 온전한 밤도.
둘 다 모습을 드러낸 거야. 해도 달도
물론 모두에게 괜찮은 상황이긴 했어도
둘에게는 아니었지.

그렇게 다투었어, 누가 더 빛을 내는지를 두고.
누가 가장 밝고 아름다운지를 두고.
해는 들이받고 달은 물어뜯고
무시무시한 공중전이 시작되었지.

태우고 지글거리고, 끼익거리며 비명을 지르고,
하늘을 가로질러 엎치락뒤치락하고,
그러다 달이 해 한 조각을 입에 물고
해는 달의 얼굴을 태워버렸지.

싸움이 끝나자 달의 표면은 발갛게 벗겨지고
해는 머리에 심한 혹 하나가 생기고
달은 다음 날 밤새 자기 집 침대에 머물렀지.
해는 점심이 되도록 밖에 나오지 않았고.

## 키 작은 아이

사람들이 그랬어, 더 쑥 자랄 거라고.
열 살이 되기 전에 말이야.
사실이었어, 나는 쑥 자랐어—
이게 사람들이 말한 건가봐.

# 미라

칭칭 감았지 내 몸을, 화장실 휴지로.
온몸을 따라 발끝에서 머리까지.
칭칭 감았지 내 몸을, 화장실 휴지로.
재미있을 거라고만 생각했지.
칭칭 감았지 내 몸을, 화장실 휴지로.
누가 봐도 '미라'일 줄 알았지.
칭칭 감았지 내 몸을, 화장실 휴지로.
이리도 초라해 보일 줄은 몰랐지.

## 사우나 안의 샤나

"사우나 안으로 들어와봐."
　"됐어, 내키지 않아."
"사우나 안에 이구아나도 있어…"
　"그래도 내키지 않아."
"사우나 안에 피라니아도 있어…"
　"그렇다면 정말로 내키지 않아."
"좋아, 방금 이구아나가 피라니아를 잡아먹었어.
상어가 방금 이구아나를 잡아먹었고.
그러니 이제 들어와봐, 사우나 안으로."
　"그렇다면 절대로 내키지 않아."

# 고양이, 어린이 그리고 엄마

고양이가 말하길, "왜 이해를 못해? 난 고양이야."
"그게 내 숙명이라고.
왜 내가 밤에 돌아다니면 충격을 받지?
왜 내가 야옹거리며 싸움을 벌이면 슬퍼하지?
왜 내가 쥐를 먹어치우면 역겨워하는 거야?
나는 고양이야."

아이가 말하길, "왜 이해를 못해? 나는 어린이라고."
"왜 나를 엄마처럼 만들려고 해?
왜 안 안긴다고 상처를 받아?
웅덩이에서 물을 튀기면 왜 한숨을 쉬어?
왜 했던 짓을 또 한다고 비명을 지르냐고.
나는 어린이라고."

엄마가 말하길, "왜 이해를 못하니? 난 엄마잖아."
"왜 나만 현명해야 하지?
왜 나한테 고양이의 방식을 가르치려 하지?
왜 나한테 '아이는 어떻다'느니 설명하는 거지?
날더러 꾹 참고 조용히 있으라는 거잖아.
나는 엄마잖아."

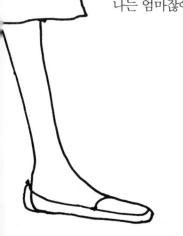
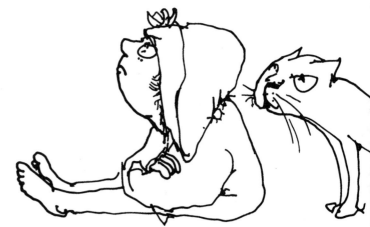

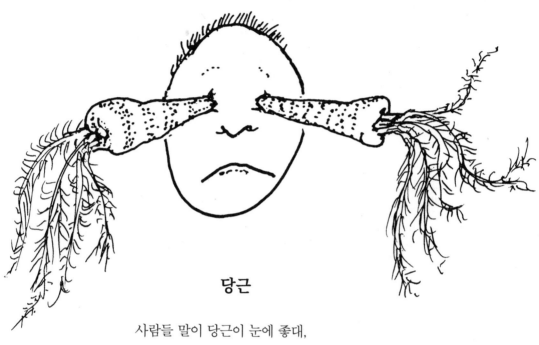

## 당근

사람들 말이 당근이 눈에 좋대,
시력이 좋아질 거라고 장담을 하는 거야.
하지만 웬걸 지난밤보다 더 안 보이는 거 있지—
뭐야, 내가 뭔가 잘못 사용해서 그런 거야?

# 밥 먹을 시간

자 우리 악어, 우리 악동이, 그만 일어나야지.
아침 먹을 시간이야. 그런데 왜 우리 수위 아저씨
프레드 씨가 안 보이지?
언제나 파이프 담배를 물고, 머리에 작은
더비 모자를 쓴 분 말이야.
여기서 나랑 만나기로 했거든.
너 밥 먹이는 거 도와주려고 말이야.

## 빗속에서 춤을

이슬비가 내리면 어때?
조금씩 오든 후드득 오든 어때?
나는 정원에서 첨벙이고
지붕 위에서 춤출 거야.
비야, 내 피부 위로 내려라,
스며들 리 없으니까—
나는 방수거든.

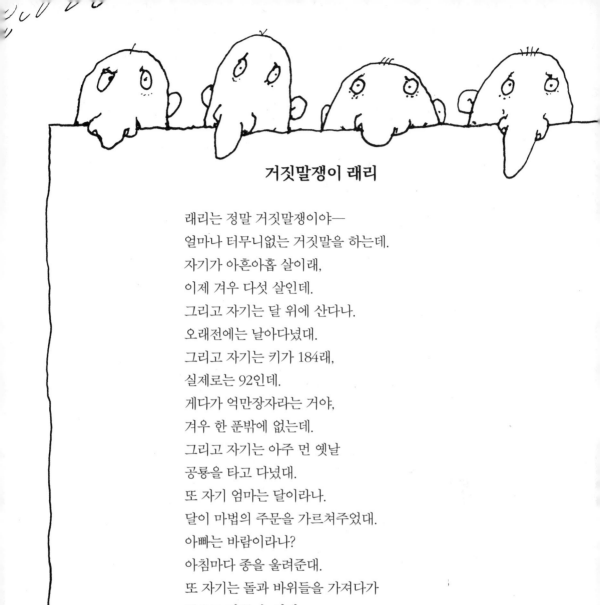

## 거짓말쟁이 래리

래리는 정말 거짓말쟁이야—
얼마나 터무니없는 거짓말을 하는데.
자기가 아흔아홉 살이래,
이제 겨우 다섯 살인데.
그리고 자기는 달 위에 산다나.
오래전에는 날아다녔대.
그리고 자기는 키가 184래,
실제로는 92인데.
게다가 억만장자라는 거야,
겨우 한 푼밖에 없는데.
그리고 자기는 아주 먼 옛날
공룡을 타고 다녔대.
또 자기 엄마는 달이라나.
달이 마법의 주문을 가르쳐주었대.
아빠는 바람이라나?
아침마다 종을 울려준대.
또 자기는 돌과 바위들을 가져다가
금으로 바꿀 수 있대.
활활 타는 불을 가져다가
꽁꽁 얼어붙게 할 수도 있대.
또 내 일을 도와주겠다며
요정 일곱 명을 보내주기로 했어.
하지만 래리, 역시 그 거짓말쟁이 녀석—
보내준 건 그저 네 명뿐이었어.

## 달리기 선수들

왜 우리 육상 팀이 그렇게 빨리 달리고
열과 성심을 다해 점프를 하냐고?
그 모든 건 결국 우리의 위대한 코치님과
놀라운 훈련장 덕분 아니겠냐고.

## 아빠 리모컨

그냥 티비 리모컨이랑 똑같아,
아빠한테 작동한다는 것만 빼고 말이지.
뭘 시키고 싶으면 버튼만 눌러.
그대로 한다니까—하나도 어려울 게 없지.
춤을 추게 하려고? 5번을 눌러봐.
노래를 시키고 싶다고? 7번을 눌러.
용돈을 약간 올려줬으면 한다고?
간단해, 11번을 눌러.
조용히 시키고 싶다고? 음소거 버튼이면 되고.
14번은 재채기 기능이야.
너를 그만 좀 괴롭히게 하고 싶다고?
이것저것 하지 말라 소리치고 잔소리까지 한다고?
한두 시간 내내 꼰대 노릇하는 걸 좀 멈추게 하고 싶다고?
그냥 *끄기* 버튼을 눌러버려.

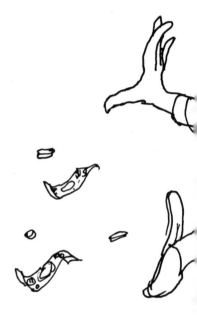

## 어른들은 출입금지

어른들은 출입금지야.
우리는 게임을 하고 있고
"조심해."나 "하지 마."
같은 말은 필요 없어.
어른들은 출입금지야.
우리 클럽은 절대
보여줘선 안 되는 곳이야.
비밀서약도 만들고 있다고.
어른들은 출입금지야.
우리는 피자를 먹으러 가고 있지—
안 돼, 나랑 내 친구들만 갈 거야.
저리 가라고.
뭐, 계산할 시간이라고?
어른들 출입해도 돼.

# 호저

오, 누가 호저의 귀를 씻어줄 거지?
꼬리는 누가 빗겨줄 거고,
그 길고 날카로운 가시는 누가 닦아줄 거야?
발톱 손질은 누가 맡을래?

아 호저의 귀는 시드니가 씻겨주겠군.
꼬리는 베빗이 빗겨주겠고
그 길고 날카로운 가시는 다아시가 닦아주면 되겠군,
그럼 나는 우편물이 와서 좀 내려가볼래…

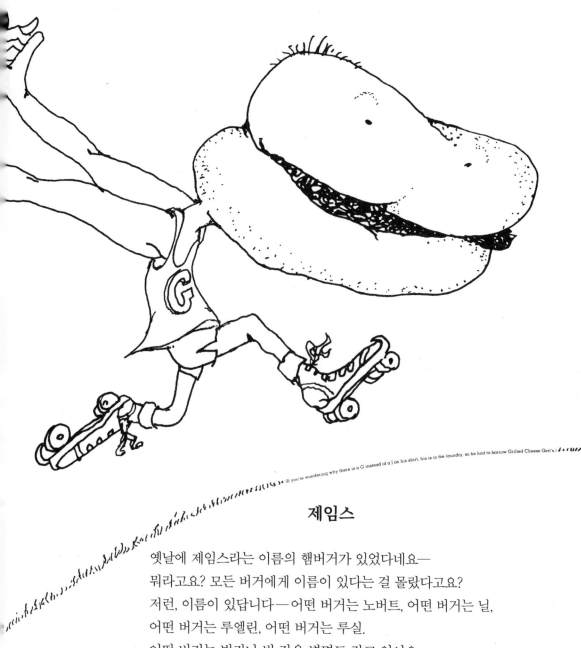

(If you're wondering why there is a G instead of a J on his shirt, his is in the laundry, so he had to borrow Grilled Cheese Gert's.)

## 제임스

옛날에 제임스라는 이름의 햄버거가 있었다네요—
뭐라고요? 모든 버거에게 이름이 있다는 걸 몰랐다고요?
저런, 이름이 있답니다—어떤 버거는 노버트, 어떤 버거는 닐,
어떤 버거는 루엘린, 어떤 버거는 루실.
어떤 버거는 벙키나 빈 같은 별명도 갖고 있어요.
어떤 버거는 로즈-메이보린처럼 긴 이름도 갖고 있고요.
여러분처럼, 버거들 각각에게는 특별한 이름이 있고 어느 하나 똑같지 않죠.
그러니 부디, 베어 물기 전에
예의를 갖춥시다—물어보세요, 이름이 뭔지.

## 발표용 물고기

어느 날 허우적대던 녀석을 발견하고 생각했어. "그렇지!
보여주며 설명하는 용으로 학교에 가져가야지."
하지만 잊어버렸지 뭐야, 그것도 까맣게 말이지,
보여주며 설명하는 용으로 가져간다는 걸 잊은 거지,
그렇게 2주가 지났어… 결국 결심했지…
보여주며 냄새 맡는 용으로 가져가기로 했지.

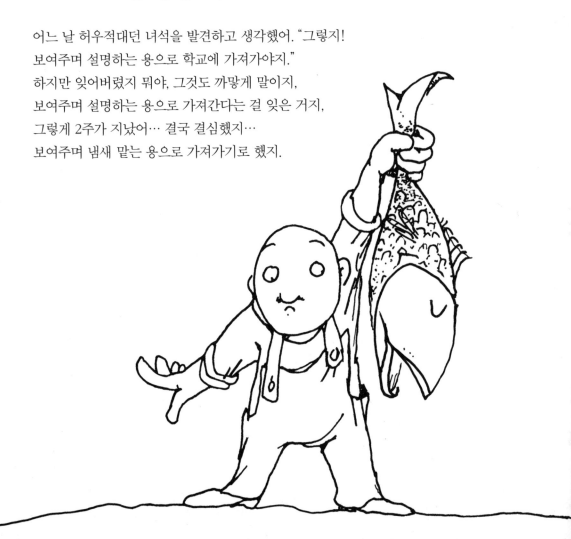

## 신발이 가득한 수납장

주름장식과 리본이 달린 파티용 신발,
발끝을 쇠로 감싼 작업용 신발,
비올 때 신는 고무 덧신과 가락신, 운동화,
방수외투를 입고 신는 장화,
작업용 단화, 윤이 나는 뾰족구두, 정장용 구두,
나막신과 댄스용 탭이 달린 구두,
도보여행용 신발, 등산화,
축구화와 야구화,
반짝이는 신기한 가죽으로 된 신,
겨울철을 위한 양털 신,
로퍼, 단화, 각반, 샌들,
높은 뒤축, 낮은 뒤축, 두껍거나 낮은 밑창들,
모카신, 오리발, 슬리퍼,
샤워용 크록스, 발레용 슬리퍼…
수천억 개의 신발이 있지, 하나만 빼고—
이 신발에 맞는 짝 하나만 빼고.

## 뜨개질하는 이들

나는 앉아서, 내가 입을
스웨터 한 벌을 뜨고 있었어.
다 뜨고 나자 자랑스러워 이렇게 말했지.
"이것 봐. 내가 뜨개질은 좀 하지."
하지만 벽 위의 늙은 거미가 말했어.
"너 그거 공중에 뜬 채로도 할 수 있어?
가느다란 실로 천정에서 계단까지
늘어뜨릴 수 있겠냐고?
찢어지지 않고 늘
바람이 뚫고 지나가게 할 수 있어?
그런 다음 거기 매달려
한 가닥으로 가볍게 뛸 수 있어?
할 수 있다면—그때는 비로소 말할 수 있겠지.
'내가 뜨개질은 좀 한다.'라고."

## 열여섯 개 중 하나

나는 역사는 젬병이지.
과학은 뭔 뜻인지 모르겠고,
음악은 영 수수께끼지.
영어랑은 친해지질 않고,
수학은 최악의 적,
경제는 차라리 고문,
체육은 체력의 적,
독서는 차라리 고역,
지리는 혼동만 주지.
사회는 욕만 나오고,
화학은 혼란만 주지.
생물은 토만 나오고,
천문학은 그냥 별 보기지.
식물학은 그저 꽃냄새나 맡는 거고,
미술도 내게는 너무 어렵지.
뭐, 그래도 난 '마춤법' 하나는 자신 있다고!

# 머리 없는 동네

머리 없는 동네에서 모자를 팝니다요—
특별히 싸게 드리니 어서들 오세요.
좁은 챙, 넓은 챙, 흰색 갈색 다 있어요.
머리 없는 동네에서—모자를 팝니다요.

머리 없는 동네에서 모자를 팝니다요—
카우보이, 보닛, 야구모자에 왕관도 있어요.
어디 한 사람쯤은 있겠지요?
머리 없는 동네에도 모자는 필요하니까요.

머리 없는 동네에서 모자를 팝니다요—
분명 한 명쯤 낙담할 수도 있겠죠.
그러나 뜻이 있는 곳에
길이 있다지요.
(저는 예전에 발 없는 마을에서
신발도 팔아봤으니까요)

## 깜빡깜빡하는 폴 리비어*

육지로 쳐들어오면 등불 두 개,
바다로 쳐들어오면 등불 하나였나?
아니, 육지로 쳐들어오면 한 개,
바다로 쳐들어오면 *끄*기로 했나?
아니면, 육지가 *끄*는 거였나…
세 개였나?
기억력이 원
예전 같지 않군.
안개는 점점 짙어져
거의 보이지도 않고
이 딱딱하고 차가운 안장은
꽤나 곤욕이야—
아, 정말 힘든
여정이 되겠어.

* 유명한 롱펠로의 시 「폴 리비어의 질주」를 패러디한 것.
이 시의 주인공이 미국독립전쟁의 첫 전투 때 영국군의 계획을
신속히 알려 승리에 기여한 전령 폴 리비어.

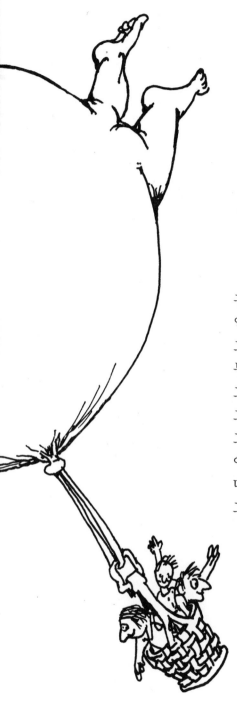

## 인간 풍선

휴, 인간 풍선이라니.
일단 펩시와 코카콜라를 꿀꺽꿀꺽 마셔.
그러면 더부룩하게 가스가 차고
부풀면서 둥둥 떠올라.
그가 땅에서 솟아오르면, 이미 가족들은
그 인간 풍선에 매달려 있지.
그가 잔디 위에서 곧장 싣고 올라가거든.
이제 그들은 하늘을 날아가며
다 함께 응원을 해, 야호 힘내라—
그리고 기도해. 그가 방귀만은 뀌지 않기를.

## 미안해 내가 쏟았어

햄은 네 베개 위에
계란은 네 시트 안에
밀기울 머핀은 저기 굴러다니네,
네 발밑에.
우유는 매트리스 속에 있어
주스는 이불 위에 있고—
흠, 네가 그랬잖아, 아침은
침대로 갖다 달라고.

## 왜 그랬지 샌드위치

나도 들었어, 요리사 카트리나
그녀가 마녀라고 들었지.
그런데도, 나란 놈은
얼마나 멍청한지.
이렇게 외쳤어. "어이! 카트리나
저도 만들어줘요, 샌드위치."
그러자 얍—
정말로 만들어주었지!

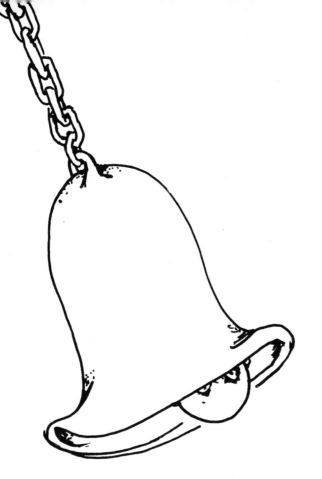

### 세 시

나 종 치는 일자리를 얻었어—
댕-댕—댕-댕—댕-댕.
나는 내가 밧줄을 당기는 건 줄 알았지—
내 생각이—아야-아야-아야—틀렸던 거야.

## 하이 몬스터

저기 저 안개 속으로
오고 있는 게 뭐지?
하이 몬스터—
자유자재로 돌아다녀.
게다가 그 꼬리가
이 정도 길다면
얼마나 거대할지
생각해보라고, 하이 몬스터가.

# 독극물 검식관

나는 독극물을 검식하는 미식가야, 정말이지.
너를 위해 네 음식을 맛보러 왔지.
왜냐하면 그 속에 독이 한 방울이라도
들었다면, 너는 30초 안에 죽을지도 몰라.
갈증을 씻어줄 레모네이드라고?
내가 먼저 맛보는 게 좋을 거라고.
음―이건 합격. 하지만 이 보이즌베리는―
내 장담하는데 괜찮군, 괜찮아, 이 베리는.
음―아니, 얘들은 안전해, 하지만 그 버거는
치명적일지도―음―아냐 이것도 괜찮아.
이제 네 핫 퍼지 선디 아이스크림을 맛봐야겠어.
내가 월요일 아침에 죽기라도 하면 어쩌겠어.
음―이것도 괜찮은 것 같군, 하지만 마지막 한 입에 혹시
독이 있을지도. 그러니 내가 먹게 남겨두는 것이,
음―좋아, 모두 안전해. 내 일은 이것으로 끝난 거야.
보라고, 내가 너를 위해 얼마나 목숨을 건 거야?

## 치과의사 댄

티까의사 낸은 내 두티의야.
기외만 죄면 으에게 가.
그는 나를 앙치고 내 이를 잙아.
잘콤하고 딘한 메이블 시러브로.
드런 자음 내 퉁티를 때워.
초클릿 캔지로—내 댕각에 그는
데상에서 자장 이대한 티까의사야.
티까의사 낸을 위해 태 번 응원을 애주자.
　　　낸-낸-달한다!
　　　낸-낸-달한다!
　　　낸-낸-달한다!
오늘 장장 티까의사 낸에게 자자!

## 계속해서 세기

바카르 교수님께서
단지 속에 파리들을 넣고서
물어보신다. "누가 여기 파리가
몇 마리 있는지 맞힐 수 있겠나?
누구든 정확한 숫자를
맞힐 수 있다면
한 명 뽑아 새 자전거와
전기기타를 줄 테니 해보겠나?"

그래서 나는 세기 시작하고,
파리들은 날아다니기 시작하고,
내가 이제 겨우 삼백만
일곱 마리에 이르자 그만—
어느 작은 파리 숙녀께서
아기 파리 한 마리를 더 낳는 바람에
처음으로 돌아가
다시 한번 세어야겠네.

세어보거나
어림짐작해볼 것

# 크리스마스의 개

오늘 밤은 내가 집을 지키는 첫날.
그리고 오늘은 크리스마스이브지.
아이들이 위층에서 곤히 잠든 동안
내가 할 일은 양말과 트리를 지키는 거야.

지금 저건 뭐지—지붕 위의 발소리?
고양이나 쥐일까?
이 굴뚝 속에는 누구야?
수염 난 도둑이잖아—
짊어진 건 집을 털기 위한 커다란 자루 아닐까?

나는 짖고, 으르렁거리며 그의 엉덩이를 물어.
그는 비명을 지르며 썰매로 뛰어들고
그 이상한 말들은 겁먹고 놀라서 공중으로 날뛰고
내 덕분에 결국 모두들 놀라서 가버리지.

이제 집은 다시 완전히 평화롭고 고요해.
양말은 안전하고.
아이들이 내일 일어나 내가 트리를 얼마나 잘 지켰나 보면
얼마나 기뻐하겠냐고.

## 역청?

딱딱한 석탄을 역청이라 부르지,
아니지, 무연탄인가?
석순은 동굴에 매달려 자라지.
내가 얘기하는 건 종유석인가?
저 솜털 같은 구름들을 난운이라고 하지—
아니—가만—적운일지도.
그리고 그 늑대들이 길렀다는 아이—
레무스였나—로물루스였나?
브로사우르스들은 고기를 안 먹었지.
그건 육식성이었다는 뜻인가?
아니면 이름이 브론토사우르스이고
초식성이었나?
낙타는 후피동물이지—
내가 얘기하려던 건 단봉낙타인가?
이 성냥은 인화성인가?
내 생각에는 발화성이야.
팔각형—아니 육각형—
아니, 일곱 면이 있는 건 칠각형이지.
그리고 과일에 구충제를 뿌리지 마세요—
아니 살충제였나?
내가 만일 사물의 건너편을 볼 수 있다면
그건 투명한 건가—아니면 반투명한 건가?
이 정도는 아주 일부에 불과해.
내가 헷갈리는 것… 아니 헛갈리는 이 맞나?

## 음악 수업

정말이지 플루트를 배울 걸 그랬어.
아니면 하모니카나 차임벨을.
클라리넷은 얼마나 폼 나고 가볍겠어.
바이올린도 좋았겠지.
나는 피아노를 들고 다녀야 했다니까.
게다가 선생님을 잘 만나야 했어.
계단을 7층이나 올라야 했지 뭐야.
(역시 난 플루트를 불었어야 했어)

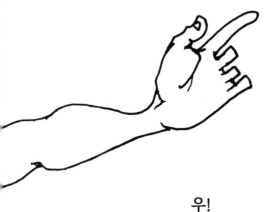

## 우!

나는 동물을 만져볼 수 있는 동물원에 갔다우-우-우.
먼저 만진 것은 아기 누-누-누.
그다음 만진 것은 귀여운 코카투 앵무-무-무.
그다음은 어린 캥거루-루-루.
올빼미도 만졌다우-우-우.
새끼 스컹크도 만지다가 푸-푸-푸.
그다음은 절대 만져서는 안 되는 것을 만졌구-구-구:
그건 아기 호랑이었다우, 우-우!
누가 내 신발 끈 좀 매주지 않겠수?
휴-우.

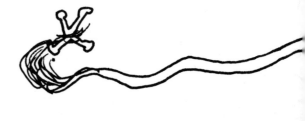

## 고양잇과 녀석들

표범하고는 공기놀이
같은 거 하지 마—
절대, 절대로 이기지 못할 테니까.
자기가 지면
낑낑거리는 소리를 내기 시작할 거야.
8개 집을 때가 되면
9개를 집을 거야—
말로는 안 그랬다 그러겠지.
하지만 넌 알게 될 거야, 녀석이 사짜라는 걸—
살쾡이 같은 녀석이라는 걸.

# 등골이 오싹한 이야기

그 이야기는 소름이 끼치지.
조마조마하고, 눈물이 쏙 들어가.
괴성과 비명이 끝까지
계속된단 말이지.
무시무시하지, 으스스하지,
소름이 돋는 데다 잔혹하지,
정말 최고로 무서운 이야기지.
(제발 한 번 더 해줘)

## 최고의 가면?

사람들이 방금 가장 무서운 가면 심사를 했대.
그런데 내 게 가장 거칠고 대담했다네.
내가 가장 무서운 가면 대회의 우승자래—
그런데 (훌쩍) 심지어 나는 가면도 안 썼다구.

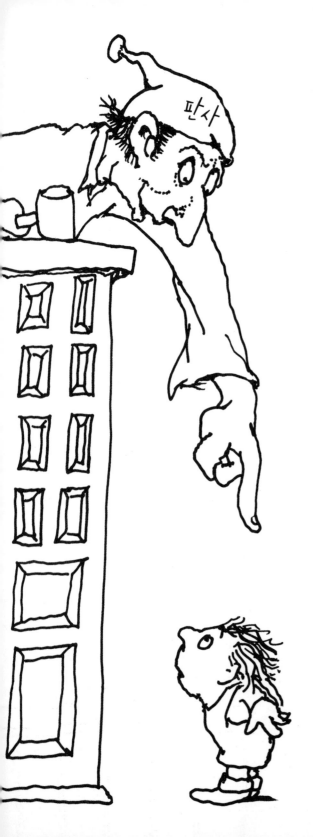

## 잠을 빼앗은 자

아니요—저는 잠을 빼앗지 않았어요—
잠이—저를—빼앗았다니까요.
침대에서 끌어내
창밖 저 바다 너머로 데려갔어요,
그곳 어느 나라에서는
졸린 얼굴들이 오로지 만화책만 읽고요.
잠은 철제 금고에 잠가두어
절대 빼앗을 수가 없어요.

그 나라에 도착하자마자
저는 곤경에 빠져버렸고,
사람들은 저를 가리키며 외쳤어요.
"잠은 어딨지? 이 도둑놈 같으니라고,"
그들은 저를 법정으로 끌고 갔어요.
판사가 법모를 쓰고
이렇게 말했죠. "얘야, 너는 잠을 빼앗았어.
그래서 법정에 선 거라고."

"너 같은 이기적인 아이들은
너 자신들만 생각해.
너희들이 가져간 잠이 다른 누군가의
것인지는 상관도 안 해.
무슨 일이 생겼는지 아니?
네가 아무 생각도 안 하고
빼앗아간 잠의 주인인 바니 볼링브룩이
지금 울며 앉아 있다고."

"그녀는 꽤 오래 잠을 못 잤어—
눈꺼풀 처진 것 좀 보려무나.
그녀는 피곤하고 나른하지—예민해졌고,
누군가 잠을 빼앗아갔다는 걸 모르겠나?"
판사는 소리쳤어요. "너는 유죄야. 옳지,
너는 당연히 유죄다.
하지만 네가 빼앗은 잠을 돌려놓기만 하면
우리는 널 풀어줄지도 모른다."

"저는 잠을 빼앗지 않았어요."라고 소리쳤어요.
"엄숙히 맹세해요,
그리고 제가 실수로 잠을 빼앗았다 해도
지금은 안 가지고 있어요."
"오, 시시한 변명이로구나." 판사가 으름장을 놓았어요.
"네 기록들을 보면 꽤 냄새가 난다고.
우린 어젯밤 네가 기습 뽀뽀를 한 걸 안다,
지난주에는 걸레로 방바닥을 훔쳤지,

"너는 계란을 깨뜨리고, 반죽을 마구 치댔어.
학교에 가서는 출석도장을 콱 찍어버렸지.
심지어 그곳에서 한두 시간을 죽여버렸고,
네가 양말을 집어던지는 소리도 들었지.
농구공을 쐈버린 것도 알고
2루를 밟아버린 것도 알아.
그 외에도 네가 유죄라는 걸 알 수 있지.
네 얼굴에 붙은 잠을 보면 알아.

"자, 이제 가서 네 담요에 눕거라.
그리고 반성의 눈물을 흘리거라.
내 너에게 긴 낮잠을 선고하노니
9천만 년을 자게 되리라.
그리고 다른 어린이들은
이 영원한 낮잠을 보게 되리라.
그래서 어느 아이도 다시는 감히
누군가의 잠을 빼앗지 않으리라."

## 놀라운 캠프

나는 놀라운 캠프에 갈 거야.
천국 호수 옆
은총의 산 맞은편
멋짐의 계곡에 있는.
그곳은 따사롭고, 선선하고 초록빛이래.
사람들 말로는 천사가 만들었다는 것 같아.
그런데 취지가 "공평하게 대하고 배려하라."
왠지 금방 따분해질 것 같긴 해.

# 알찬 시간

우리 아빠는 골프선수야—
나를 공 받침대로 쓰시지.
내 코 위에 공을 올려놓고
바로 위에서 치셔.
아빠 말이 이러면 나도 같이 즐길 수가 있대.
아빠가 매번 칠 때마다.
와, 이런 아빠가 있다는 거 굉장하지 않아?
아이들과 함께 시간을 보내잖아.

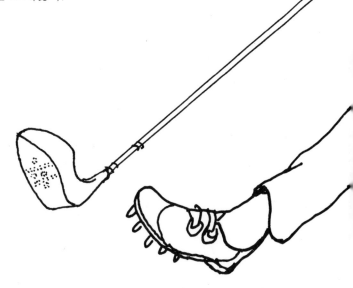

## 안에 사는 이들

친구야, 네 안에는 말이야.
할아버지 한 분이 자고 계셔.
꿈을 꾸며, 자신의 차례를 기다리고 계시지.
친구야, 네 안에는 말이야.
할머니 한 분이 졸고 계셔.
너에게 더 느릿한 춤을 보여주고 싶어 하시지.

그러니 계속 놀아.
계속 달리고,
계속 뛰어, 그날이 올 때까지.
너희 안에 사는
노인들이 깨어날
그날까지… 그들이 놀러 나올 때까지.

# 아무도 못 들어오는 집

드디어—아무도 못 들어오는 집을 완성했어.
사생활을 배려한 집,
평화로움을 고려한 집,
오로지 나를 위한 집.
낯선 이들이 두드릴 문도 없고,
누군가 들여다보고 씩 웃을 창문도 없지.
완벽한 사생활이 보호되는 아무도 못 들어가는 집이지…
그나저나… 난 이제 어떻게 들어가지?

# 도와줘!

숲속을 걷고 있었는데, 뭘 봤는지 알아?
나무에 뿔이 박혀버린 유니콘이었어.
울고 있었지. "누가 좀 도와줘요. 너무 늦게 뺐다가는."
"내가 빼줄게." 내가 다가가자 유니콘이 외쳤어. "잠깐—
얼마나 아플까? 시간은 얼마나 걸릴까?
내 뿔이 긁히거나, 휘거나 부러지지 않을 거라 보장할 수 있을까?
얼마나 세게 당길 거야? 비용은 얼마나 줘야 하지?
지금 바로 해야 하는 게 아니면 수요일도 괜찮지?
전에 해본 적은 있는 거야? 전용 도구는 있는 거야?
뿔 구호학교는 졸업한 거야?
나도 보답을 해야 할까? 뭐로 하면 좋을지 알 수 있어?
나무에 손상을 안 준다고 약속할 수 있어?
눈을 감고 있을까? 앉을까? 서 있으라고?
보험은 들었어? 손은 씻었고?
그리고 빼준 다음에 말이야—그다음은 어쩌라는 거야?
다시는 이렇게 안 박힌다고 보장할 수 있어야…
언제인지 말해줘. 어떻게 될지 말해줘.
왜인지 말해줘. 어디일지 말해줘…"

내 생각에 아마 유니콘은
지금도 거기 앉아 있을 거야.

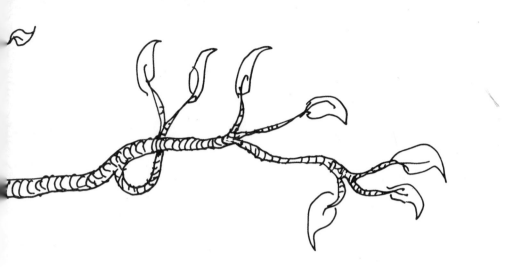

## 포댓자루 달리기

네, 포댓자루 달리기 시간 맞아요.
네, 저 준비됐어요.
네, 처음 해보는 거예요.
어떻게 아셨어요…?

## 세 방

조지가 벌에게 한 방 쏘이더니 이렇게 말했대.
"쏘다니지 않았으면 이렇게 안 쏘였을 텐데."
프레드가 그렇게 소리친 것도 벌에 쏘여서야.
"내가 뭘 했기에 이런 벌을 받는 거야?"
류도 벌에 쏘였는지 중얼거리는 소리가 들리던걸.
"나 오늘 벌에 대해 뭔가 좀 배운걸."

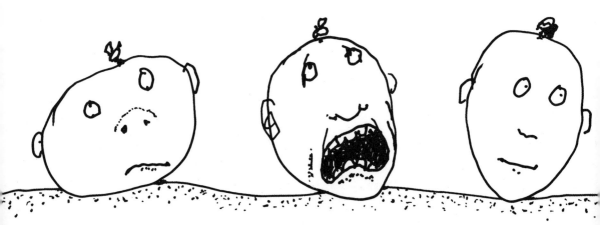

## 달걀요리의 평가

이 달걀요리는
뭔가 달라.
달리 부풀린 게 아냐.
내가 평가에 달갑지 않은 걸 안다면
유달리 맛있다는 걸 짐작할 수 있을 거야—
달걀이 폭신하고
아주 달달한 게
정확히 저울로 달아서 요리했나봐.
아주 숙달된
달인이 말이야.
자, 계산서를 달라 해야지…
이런—달랑 한 접시인데
많이도 달아놓았군.
여기서 달아나야겠어.
어디로 달아나지?

# 역겨운

내가 시냇가를 걸어가다
뭔가 역겨운 걸 밟았네.
막대를 쥐고 긁어서 떼어내려고 했더니
그 막대에 붙어버렸네.
그 막대에서 그걸 떼어내려니
그만 내 손에 붙어버렸어.
씻어보려고 했지—하지만 그게
내 세숫대야에 붙었어.
날 좀 떼어달라고 개를 불렀더니
그게 그만 개털에 붙은 거야.
개는 고양이에게 문질러 떼어보려 했고
결국 고양이에게도 붙은 거야.
친구들과 이웃들이 도와주러 왔어—
이제 우리 모두가 붙어버렸지.
이게 한 사람이 역겨운 걸 잘못 밟아
일어난 일이었다 이거지.

## 깔끔이 진

깔끔이 진은 정말로 깔끔하지—
우선 그는 목욕광이야.
방에는 세면대가 여섯 개나 있고
다락의 욕조만 해도 열두 개야.
학교에 가기 전 꼭 목욕을 하고
도착하고 나면 또 한 번 헹굴걸.
휴식 시간에도 볼 수 있을 거야,
그가 머리를 감고 있는걸.
그는 매번 새 방취제를 사.
내내 좋은 냄새가 나게 하려고.
손발톱 관리인도 두었지.
발톱 하나하나를 위해서 말이야.
그는 양손에 면봉을 들어야만
겨우 야구를 할 거야.
바람에 날리는 모래 때문에
귀가 꺼끌꺼끌할까봐 말이야.
그는 어떤 세균도 옷에 닿지 않게
큰 비눗방울 같은 비닐을 쓰지.
또 흙에서 자란다는 이유로
감자도 안 먹지.

그는 치약을 갖고 다니고, 열과 성을 다해
이를 닦고 치실질을 해.
식전—그리고 식후에—그리고
(미안) 매 식사 중에도 해.
심지어 침대 위에도 샤워기가 있어
비눗물을 뿌려주지.
(혹시라도 꿈속에서
더러워질 경우를 대비해서 말이지).
그는 헨리 그런지라는 이름의 남자도 고용했어.
놀러 나갈 때면 말이야,
그런지도 스펀지를 들고 옆에서 같이 뛰어.
땀을 닦아주려고 말이야.
그는 특별한 음악용 욕조도 만들어
그 안에 앉아 있을 수 있지.
음악 선생님 옆에 나란히 앉아
바이올린을 연주하는 거지.
그러니까 진을 만나러 갈 때에는
입고 있는 진이 깨끗한지 잘 확인해,
손톱들을 잘 깎았는지 확인하고
욕조를 잊지 말고 꼭 들고가고,
신발은 복도에 벗어두고 가는 게 필수지—
여하튼 진을 만날 거라면 말이지.

## 내게 말해줘

내게 말해줘 똘똘하다고.
내게 말해줘 친절하다고.
내게 말해줘 재능 있다고.
내게 말해줘 귀엽다고.
내게 말해줘 섬세하다고.
내게 말해줘, 우아하고 지혜롭다고.
완벽하다고—
하지만 내게 말해줘, 진실을.

## 큰 사슴의 한 가지 용도

서 있는 큰 사슴의 뿔은
다들 알다시피,
덜 말라 물이 뚝뚝 떨어지는 빨래를
널기에는 딱 좋은 장소야.
바로 널 수 있는 데다 돈도 안 들지. 하지만 일러둬야겠어.
그런 식으로 옷 많이 잃어버렸다고.

## 뭔가 새로운 것

사람들이 그러는 거야. "뭔가 새로운 걸 갖고
와봐, 모두들 사줄걸."
그래서 종이로 된 우산을 갖고 갔는데
아무도 써보려 하지 않던걸.

그래서 나는 재활용 껌을 갖고 가봤지,
그런 취급을 받다니 실망이었어.
그래서 겨자 아이스크림을 갖고 가봤지.
아무도 굳이 맛보려 들지를 않았어.

그래서 이번에는 바닥에 마개가 있는 보트를 발명했어.
정말 요긴한 물건인걸, 장담한다고.
왜냐하면 아무리 물이 안으로 들어차도
그냥 마개만 뽑으면—다 빠져나갈 거라고.

## 몰리의 난리

몰리가 멀리
발리에 갔지.
스케이트보드를 사서
올리 점프를 했네.
결국 모자도 멀리
인형도 멀리 날아가버리고
착지한다는 게
콜리 위에 털썩.
콜리가 짖어댔지.
"이게 무슨 난리!"
그러면서 재빨리 문 거야—
몰리는 저리 가!
말고는 달리
말릴 수가 없었지.

## 미소 만들기

모든 게 하찮고, 같잖고, 언짢던 거인이
자신의 찌푸린 표정에 싫증이 나
나와 리를 고용했어.
그의 처진 입꼬리를 들고 있으라나.
그게 벌써 작년이야—우린 내내 여기 있었어.
녹초가 되어 땀을 흘리며 내내.
가끔은 정말 곤욕일 수 있지.
누군가를 웃게 한다는 것.

# 내가 네 나이였을 때

삼촌이 물었다. "학교에는 어떻게 다니니?"
"버스로요." 그러자 씩 웃었지.
그리고 하는 말이. "내가 네 나이였을 때는"
"맨발로 걸어 다녔다—무려 10킬로를 말이지.

삼촌이 물었다. "무거운 건 얼마나 질 수 있니?"
"쌀 한 자루요." 그러자 껄껄 웃었지.
그리고 하는 말이. "내가 네 나이였을 때는"
"짐마차를 몰았다—송아지 한 마리쯤은 거뜬히 들어올렸지."

삼촌이 물었다. "싸움은 얼마나 많이 해봤니?"
"두 번요—두 번 다 맞았어요."라고 말했지.
그러자 삼촌이 하는 말이. "내가 네 나이였을 때는"
"매일 싸웠다—한 번도 진 적이 없었지."

삼촌이 물었다. "너 몇 살이니?"
"아홉 살 반이요."라고 대답했지.
그러자 삼촌은 가슴을 한껏 부풀리고 이렇게 말했어.
"내가 네 나이였을 때는… 난 열 살이었지."

## 몸짓 언어

내 발이 말하길, "야, 춤추러 가자."
내 혀가 말하길, "스낵 먹자."
내 뇌가 말하길, "좋은 책 한 권 읽자."
내 눈이 말하길, "낮잠 한숨 자자."
내 다리가 말하길, "산책하러 가자."
내 등이 말하길, "드라이브 가자."
내 엉덩이가 말하길, "좋아, 난 그냥 여기 앉아 있을게.
너희 모두 결정할 때까지."

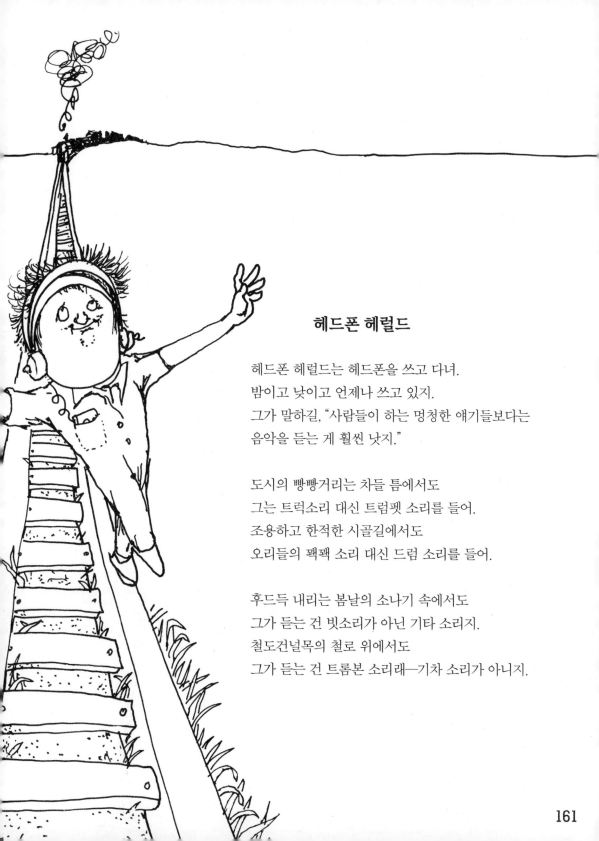

## 헤드폰 헤럴드

헤드폰 헤럴드는 헤드폰을 쓰고 다녀.
밤이고 낮이고 언제나 쓰고 있지.
그가 말하길, "사람들이 하는 멍청한 얘기들보다는
음악을 듣는 게 훨씬 낫지."

도시의 빵빵거리는 차들 틈에서도
그는 트럭소리 대신 트럼펫 소리를 들어.
조용하고 한적한 시골길에서도
오리들의 꽥꽥 소리 대신 드럼 소리를 들어.

후드득 내리는 봄날의 소나기 속에서도
그가 듣는 건 빗소리가 아닌 기타 소리지.
철도건널목의 철로 위에서도
그가 듣는 건 트롬본 소리래—기차 소리가 아니지.

## 전직 현장감독의 사연

우리는 존슨 씨네 오래된 집을 철거해야 했어요.
제가 불도저들과 삽, 크레인들을 가져왔죠.
우리는 지붕널을 뜯어내고, 벽들을 내리쳤어요.
우리는 굴뚝을 쓰러뜨리고, 하수관들을 뜯어냈죠.
우리는 창문들을 부수고, 초인종을 잡아 뜯었어요.
서까래들을 자르고, 바닥도 톱으로 썰어버렸고요.
우리가 막 지하실을 파내는데—그때 누군가 소리쳤어요.
"저기요, 존슨 씨네는 거기 안 살아요—옆집에 산다고요."
(아마 내가 더 이상 현장감독이 아닌 건 그래서일걸요)

## 배고픈 아이 섬

오, 나는 배고픈 아이 섬으로 가리라.
저 멀리 반짝이는 바다에 있는.
그곳에는 아마 배고픈 아이들이 있어
나와 함께 점심을 나눠 먹으리라.

그런데 왜 배고픈 아이 섬이지?
주변에는 아이들이라고는 하나도 보이지 않는데.
아무튼 나는 배고픈 아이 섬으로 가리라.
이 비밀을 풀기 위해.

## 황새 이야기

여러분은 황새가 아기를 데려온다는 얘기는 알죠,
하지만 이런 얘기도 아나요?
노인들도 세상을 떠날 때가 되면
황새가 와서 데려간다는 것을요.

휙 하고 내려와 그들을 실은 다음
창밖으로 다시 푸드득 날아가는 거예요.
그런 다음 언젠가 모두가 만들어졌던
그 공장으로 노인들을 데리고 가는 거예요.

그곳에서 그들의 피부는 팽팽해지고
근육은 완전 탄탄해지고
주름들은 전부 다림질되고
모두가 신제품 뼈를 받는다지요.

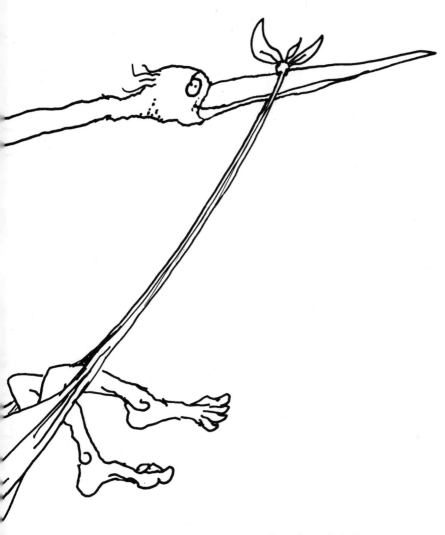

늙고 굽은 등이 똑바로 펴지면
새 이빨이 추가되고요.
지친 심장들도 다시 수리가 되어
새것처럼 작동하게 되지요.

그들의 기억은 전부 지워져요.
이제 노인들은 작게 축소되고요.
그러고 나면 황새가 다시 땅으로 그들을 데려다주죠.
다시 갓 태어난 아기로 말이에요.

# 엉뚱한 꿈

어젯밤 엉뚱한 꿈을 꾸었어.
내가 학교에서 가르치는 꿈 말이야.
선생님들이 아이들로 변해 있고
내가 규칙들을 정하는 꿈이었던 거야.

나는 선생님들에게 역사책 백 권을 내주고
매일 밤 암기하라고 시켰어.
게다가 책에 코를 바짝 붙이고 읽으라고 했지.
불도 켜면 안 된다고 했어.

선생님들을 현장 견학에도 보냈어.
저 몽골 외곽으로.
밤샘 과제도 하나 내주었지.
6미터짜리 보라색 목련을 기르는 것으로.

이런 것도 물어봤어. 나쁜 점수를 얼마나 주면
얼마만큼의 눈물을 짜낼 수 있는지.
그런 다음 하나라도 틀린 대답을 하면
귀를 집게로 매달아놓았지.

그리고 선생님들이 반에서 떠들거나 웃으면
꼬집어주었어. 울 때까지.
점점 더 크게—내가 아주 만족한 채로
잠에서 깨어날 때까지.

내일까지
외울 것!

# 이 나라의 이름은

이 나라의 이름은 "그들의함성을들어봐"
여기서는 스테이크가 겨우 50원이지만 세금이 천 원인가봐.
한 번 살아보는 것 어때? "그들의함성을들어봐"에서.

이 나라의 이름은 "울부짖고흐느끼는"
일을 해도 보수가 없는데, 잠을 자면 돈을 받는다는.
이곳에서 살아보는 것 어때? "울부짖고흐느끼는"에서.

이 나라의 이름은 "천조각과누더기"
남자들은 임신을 하고 여자들은 취향이 수염 기르기.
이곳에서 살아보는 것 어때? "천조각과누더기"에서.

이 나라의 이름은 "이렇게생겨도돼"
여기에서는 못생겼으면 영화배우도 될 수 있대.
코는 주먹코에 눈은 툭 튀어나오면 된대.
목은 굽고 팔은 짧으면 된대.
자 모두 가서 살아보자. "이렇게생겨도돼"에서.

# 성

그곳은 현재라는 근사한 성이야.
안으로 들어갈 수도 있고, 주변을 거닐 수도 있지.
그런데 그 성은 너무나 얇아.
만일 네가 거기 가면, 어느새 갔었던 게 되고
안으로 들어가자마자, 밖으로 나와 있지.

171

# Falling Up
## 폴링업

열두 편의 미공개 작품

# 트롬본 수업

파구 교수님, 첫 트롬본 수업부터
엉망으로 만들어 죄송합니다.
하지만 제가 끽 소리를 내자마자
교수님께서 고함을 지르기 시작하셨고,
하필이면 제가 들이쉬었던 것 같아요.
내쉬어야 하는 순간에 말이죠.
저로서도 정말 짐작 못한 일이었어요.
파구 교수님. 용서해주시겠어요?
파구 교수님? 파구 교수님?
저 두 번째 수업 받을 준비됐어요.

## 헬스쟁이들

나는 그들을 헬스쟁이들이라 불러.
그들은 항상 헬스장에 있지.
그곳 남자들은 자신들이 다른 사람보다 우월하다 생각하고,
그곳 여자들은 자신들이 그 남자들보다 우월하다 생각하지.
그들은 그 모든 걸
봉 위에서, 링 위에서 해.
그리고 가끔은 트램폴린도 해.
그 온갖 바보스런 비비꼬인 짓들.
그 온갖 의미 없고 땀만 나는 짓들.
그 온갖 과시하기 위한 멍청한 짓들.
(나도 한 번 해봤으면 하는 것들)

## 인류

인류 역사상 일류가 되어볼래?
깡충 뛰고, 건너뛰고, 훌쩍 뛰고, 장난치며 따라잡아볼래?
섬세하고 우아하게 다른 사람들 사이를 춤추며 가로질러볼래?
노래를 크게 흥얼거릴래, 아니면 그냥 속도 맞춰갈래?
사방에서 비틀거리고 공을 놓쳐볼래
눈웃음을 짓거나 얼굴을 찌푸려볼래?
바람처럼 날아갈래 아니면 편안히, 천천히 기어가볼래?
어쨌든—제자리—준비—땅!

## 하품!

나는 난간미끄럼 타는 자들이
가득한 집에 살아
업어달라는 자들
시를 낭송하는 자들
침대 밑에 숨는 자들
다투고 깨무는 자들
밤새 깔깔거리는 자들
불을 켜놓고 다니는 자들
단 한 명도 자려는 자들은 없지.
(아이 졸려!)

# 친구 만들기

나는 거기 있는 것들로 친구 한 명을 만들었어.
다리는 탁자 다리로, 팔은 의자 팔걸이로 만들었어.
커다란 머리는 양상추로, 귀는 옥수수 두 개로
궁둥이는 너덜너덜하게 닳은 소파로
입은 주전자 주둥이로, 혀는 구두 혀로
잘 씹을 수 있게 이빨은 톱니로
얼굴은 시계로, 척추는 책등으로
심장은 요리하기에는 너무 질긴 아티초크로
잘 볼 수 있게 눈은 감자 눈으로
나를 가리키라고 손은 시곗바늘로
거기에다 우리가 누릴 재미들
우리가 할 놀이들
우리가 공유할 비밀들
우리가 드릴 기도들
우리가 이 그늘에서 가까이 붙어 앉아 있을 때 필요한 것들도—
나와 내가 갓 만든 이 낡은 신제품 친구에게.

## 기둥 싸움

얼마나 사랑스런 베개 싸움이야!
그녀는 나를 팍 치고, 나는 그를 퍽 치고,
깃털들은 좌우로 날리고.
얼마나 사랑스런 베개 싸움이야!

얼마나 완벽한 베개 싸움이야!
그녀는 푹 치고, 나는 그녀를 폭 치고,
깔깔대다 멈추어
잘 자라는 입맞춤도 나누고.
얼마나 사랑스런 베개 싸움이야!

"잘 자, 베기."
"잘 자. 베니."
"얘들아—누가 침대 기둥을 빼갔어!"

## 울보 네 명

투덜투덜 우울한 애는
지나간 일 때문에 울고
산들산들 놀러온 애는
만일의 일 때문에 울고
건들건들 거만한 애는
없었던 일 때문에 울고
한들한들 한가한 애는
당장의 일 때문에 울고

## 구두점

정말로 까다롭다는 점.
어림짐작만 하고 있다가는
점점 혼란스러워질 수 있다는 점.
마침표와 줄표를
어디에 찍을지 모른다면,
더구나 쉼표, 따옴표, 빗금까지 있다면,
두드러기가 날 수도 있다는 점.
어디에! 구두점을? "찍을지.—'모른다면';

## 바다 위의 보드

이 스케이트보드는 더 높이 솟았을지도 모르지,
길이 더 평평하고 마른 곳이었다면.
그러나 여기처럼 축축한 곳이라면
서프보드가 더 나았을지 모르지.

## 레인글라스

선글라스가 빛을 막아준다면
레인글라스는 비를 막아줄까?
내가 하나 발명하고 있는데, 제발 낄낄대거나 비웃지 말길—
나도 알아. 쓰니까 좀 얼간이처럼 보인다는 것.
더구나 이 앞유리 빗물닦개를 작동시키니
정말 머리가 마비될 지경이야.

# 문어

문어가 인사했어, "안녕, 나의 친구."
그러면서 부엌 바닥을 통해 스르륵 나왔지.
문어는 나와 악수를 했어.
그리고 나서 일곱 번 더 손을 내밀었지.

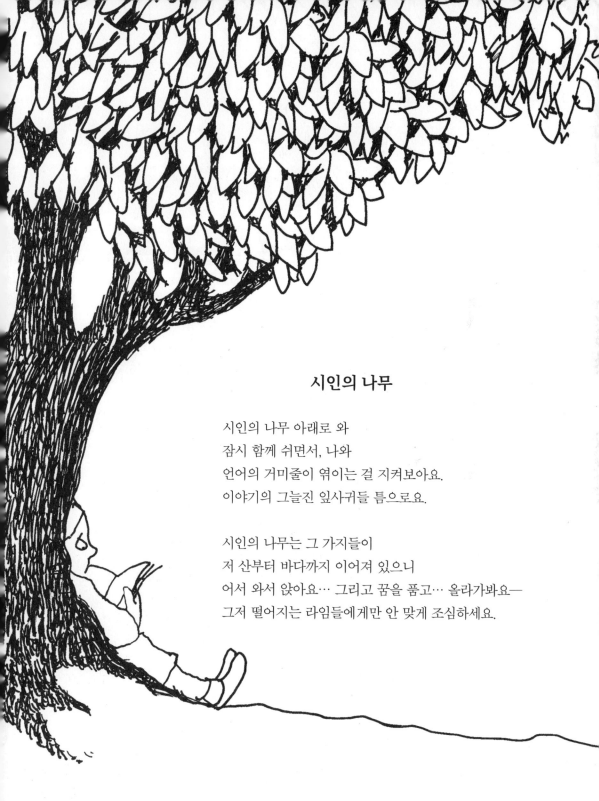

## 시인의 나무

시인의 나무 아래로 와
잠시 함께 쉬면서, 나와
언어의 거미줄이 엮이는 걸 지켜보아요.
이야기의 그늘진 잎사귀들 틈으로요.

시인의 나무는 그 가지들이
저 산부터 바다까지 이어져 있으니
어서 와서 앉아요… 그리고 꿈을 품고… 올라가봐요—
그저 떨어지는 라임들에게만 안 맞게 조심하세요.

# 찾아보기

앙코르!

이 책을 정성껏 만들기 위해
정말 끈기를 갖고 애정 어린 관심을 보여준
조앤 로빈스, 로버트 웨런, 패티 에이트킨,
조지 크레그, 킴 르웰린에게 가장 깊은
고마움을 전합니다.

그리고 우리 시 선정 위원회에게도—
세라, 매트, 페그, 바버라, 허브, 리베카, 샘
그리고 에디테.

모두 고마워요.

"셸 실버스타인을 옮기는 일은 꼭 힘겹지는 않았습니다. 저는 그가 아닌 그의 말을 옮겼으니까요. 다만 그의 말들이 워낙 장난기가 넘치고, 이리 뛰고 저리 뛰는 바람에 마지막 페이지까지 끌고 오기란 쉽지 않았습니다. 게다가 저에게 장난기를 '옮기기까지' 했습니다."

『폴링 업』에 담긴 시들을 150편 넘게 옮기고 나니 이런 식으로 옮긴이의 말을 시작해보고 싶어졌습니다.

처음 이 책의 번역을 맡게 되었을 때는 마치 어린 시절이 돌아온 듯한 기분이었습니다. 저자가 쓴 『아낌없이 주는 나무』가 안겨주었던 강렬한 기억 때문이었죠. 그러나 말놀이의 성찬인 『폴링 업』을 한 장 한 장 옮기며 내가 실버스타인에 대해 참 몰랐다는 걸 알게 되었습니다. 뭐랄까 저자가 '아낌없이 주는 나무' 쪽인 줄 알았는데, '나무에 그네를 걸고 타던 장난꾸러기 소년'이었구나 깨달은 기분이었죠.

말놀이 시들을 옮기는 일은 즐겁고도 도전적인 작업이었습니다. 이런 작업에는 영어사전과 노력 외에 재치가 필요하니까요. 더구나 셸 실버스타인의 농담에 한국어 농담으로 응수하려면 정신의 활기가 넘치는 상태여야 했습니다.

저는 이 시들을 순서대로 옮기지 않고, 우리말 말장난(주로 비슷한 발음의 연상)이 잘 떠오르는 작품부터 옮겼습니다. 자기 전에 누워 비슷한 발음을 웅얼거려보기도 했고, 싱어송라이터였던 저자를 상상하며 노랫말처럼 옮겨보기도 했습니다. 여러분도 이 책의 몇몇 시가 대체 무슨 의도인지 싶을 때는 소리를 내어 읽어보세요. 뜻보다 발음이 중요한 작품들이 많으니까요.

이번에 옮긴 책은 특별판으로 1996년에 나온 초판에 12편의 미공개 유작을 더한 것입니다. 그중 한 작품에 라임이 떨어지는 '시인의 나무'가 나옵니다. 나무로부터 모든 것을 가지고 떠났던 소년이 즐거운 언어를 아낌없이 주는 또 한 그루의 나무가 되었구나 하는 아름다운 상상을 해보았습니다.

『폴링 업』의 세계에서는 말과 노래와 그림의 경계가 눈 녹듯이 사라집니다. 천진난만한 상상과 언어에 대한 애정이 만나면 글쓰기가 이렇게 유쾌할 수 있구나 하는 걸 일깨워줍니다. 여러분도 셸 실버스타인의 나무에 느긋하게 기대어 이 경계 없이 엉뚱하고 자유분방한 세계를 즐겨보시기를 권합니다.


2023년 11월
김목인

이 책은 여기서 끝——
더 찾아볼 필요 없습니다, 독자 여러분.
만일 책 끄지 속에서도
뭔가 더 찾아보려 하다가는
사라져버릴지도 몰라요... 여러분.
안녕.

S. S.